晴れた日は図書館へいこう

夢のかたち

緑川聖司

ポプラ文庫ピュアフル

本書は書き下ろしです。

もくじ

第一話

本のアルバム

「ふう」

長い石段をのぼり終えて、わたしがひざに手をついていると、

「しおりちゃん、大丈夫？」

同じように石段をのぼってきた美弥子さんが、息を切らした様子もなく、わたしの顔をのぞきこんだ。

「うん……大丈夫」

わたしは、よっ、と勢いをつけて顔をあげると、

「美弥子さんは、平気なの？」

と聞いた。

「まあね。仕事柄、階段をのぼりおりすることは多いから」

大人っぽいベージュのコートを着た美弥子さんは、ふんわりと微笑んだ。

わたしだって、学校では毎日階段を使ってるんだけどな……心の中でそうつぶやきながら、わたしは両手を頭の上に引っ張り上げて、大きく伸びをした。

鳥居の下で大きく息を吸い込むと、一月の冷たい空気が、肺の中にスーッとしみわたる。

冬休み。わたしと美弥子さんは、雲峰山のふもとにある陽山神社に、初詣に来ていた。

　こぢんまりとした境内は、大晦日から元旦にかけては、二年参りの参拝客でいつも大賑わいになるんだけど、四日の午後にもなると、ずいぶん人も減って、がらんとしていた。

　手水口で手と口をすすいでから、本殿へと向かう。

　真っ白なダウンジャケットのポケットから、お年玉で買ったばかりの水色の財布を取り出すと、五円玉を賽銭箱にほうりこんだ。

　それから大きな鈴を鳴らして、呼吸をととのえると、となりの美弥子さんを横目でちらちらと見ながら、お辞儀を二回、柏手を二回打って、手を合わせた。

（今年も、素敵な本といっぱい出会えますように。あと、一年間健康で過ごせますように。あ、それから、お母さんの仕事がうまくいきますように。えーっと、あとは……）

　五円玉では足りないくらいの願い事を心の中で唱えて、最後に一礼すると、わたしは美弥子さんといっしょに本殿を離れた。

「美弥子さんは、なにをお願いしたの？」

　わたしがたずねると、

「ないしょ」

　美弥子さんはいたずらっぽく笑って、風で少し乱れた栗色の髪をかきあげた。

「それより、しおりちゃん、ちゃんと最後に自分の住所と名前をいった？」

「え？」

　わたしは美弥子さんの言葉に、足を止めた。

「なにそれ？」

「知らないの？　お正月は、日本中の人がいっせいにお願い事をするから、ちゃんと住所と名前をいっておかないと、願いを叶える順番が後回しになっちゃうのよ」

「そうなの？」

それは大変だ。

わたしはあわてて賽銭箱の前に戻ると、手を合わせて、頭の中で住所をとなえた。そして、

「陽山小学校五年一組、茅野しおりです。よろしくお願いします」

最後ははっきりと口に出してお願いすると、パン、パン、と柏手を打って、深々と頭を下げた。


神様にも自己紹介した通り、わたしの名前は茅野しおり。現在小学五年生で、陽山町のマンションにお母さんと二人で暮らしている。

十年前にお父さんと離婚して以来、地元の小さな出版社で働きながら、お母さんはひとりでわたしを育ててくれた。今日も、本当はいっしょに初詣に来る予定だったんだけど、急に取材の仕事が入ってしまったので、代わりにちょうどお休みだった美弥子さんが付き合ってくれたのだ。

　美弥子さんは、お母さんのお姉さんの子ども――つまり、わたしの従姉にあたり、大学で司書の資格をとって、一昨年から雲峰市立図書館で働いている。美人で優しくて、そしてなによりも本のことにとっても詳しい、わたしの憧れのお姉さんなのだ。

　お参りを終えたわたしたちは、社務所へと足を向けた。

　社務所には、様々な種類のお守りが、ところせましと並んでいた。ランドセル型をしているのは、学業成就のお守りだろう。勾玉の形をしたものや、小判のついたもの……中にはなぜか、下駄や木魚の形をしたお守りもあって、見ているだけでも楽しかった。

　わたしは悩んだ末に、お母さんに頼まれた今年の干支のお守りと、学業成就と書かれた六角鉛筆のセットを買うことにした。

「よろしゅうお参り」

　にっこり微笑む巫女さんに、

「あ、えっと……ありがとうございます」

　ちょっと照れながらお辞儀を返して、お守りの入った袋を受け取る。

　そして、先に買い物をすませていた美弥子さんの元にかけ寄ろうとしたとき、

「あれ？」

　わたしはあるものを見つけて、足を止めて拾い上げた。

　社務所から少し離れた砂利の上に、一冊の本が落ちていたのだ。

　薄めのソフトカバーで、タイトルは『ビジネスに使える時間管理術』。

「どうしたの？」

美弥子さんがやってきて、わたしの手元をのぞきこむ。

「これ、落ちてたんだけど……」

わたしは本を見せながら、境内を見回した。

わりと目立つ感じで落ちていたので、落としてから、そんなに時間は経っていないはずだ。

タイトルから考えて、社務所の端で絵馬を書いている高校生ぐらいのカップルじゃなさそうだし、鳥居の手前で犬を散歩させているおばあさんも違うだろう。あとは、グレーのスーツを着て、トレンチコートを腕にかけたビジネスマン風の男の人と、抱っこ紐で赤ちゃんをあやしている若いお母さんくらいだけど――。

ビジネス書みたいだし、男の人かな、と思っていると、

「ちょっと貸してね」

美弥子さんが、わたしの手から本を取って、赤ちゃんを抱いたお母さんの方へとかけ寄っていった。

（え？）

もしかして、男の人に気づいてないのかな、と思ったわたしは、急いでそのあとを追った。

「あの……これ、落としませんでしたか？」

美弥子さんが、お母さんに声をかける。

お母さんは、あわてた様子で肩にかけた大きなバッグを探ると、

「ほんとだ。ありがとうございます」

そういって、赤ちゃんの頭を支えながら頭を下げた。

「拾ったのは、彼女なんです」

美弥子さんが、ちょうど二人の元に到着したわたしに視線を向ける。

「そうなんだ。どうもありがとう」

お母さんは、わたしに向かって、にっこりと笑った。

「あ、いえ……」

わたしは戸惑いながら、首をすくめるようにして小さく頭を下げた。

お母さんと向かい合う形で、抱っこ紐の中にすっぽりとおさまった赤ちゃんが、細長いおせんべいみたいなお菓子をしっかりと握りしめて、不思議そうな顔でわたしたちを見つめている。

「さっき、これを取り出すときに、落としちゃったのね」

お母さんが、お菓子をちょんちょんと指先でつつくと、とられると思ったのか、赤ちゃんはギュッと握りしめて、あわてて口の中に入れた。

その一生懸命な仕草に、見ているだけでこっちも自然に笑顔になっていく。

「一歳くらいですか？」

美弥子さんが、赤ちゃんの顔をのぞきこみながらたずねた。

「ちょうど十一ヶ月なんです」

お母さんは、抱っこ紐の中で赤ちゃんの位置を整えながら答えた。

「もうすぐ育休が終わって職場に復帰するんですけど……」

仕事に戻るのは楽しみだけど、子どもと離れるのはさみしいんですよね——お母さんはそういうと、複雑な笑みを浮かべて赤ちゃんを見つめた。

何度もお礼をいいながら、お母さんが帰っていくと、わたしは美弥子さんのコートの袖(そで)を引いた。

「ねえ、どうして本を落としたのが、あの人だって分かったの?」

わたしはてっきり、スーツを着た男の人だと思っていたのに——わたしがそういうと、

「だって、あの本の大きさだと、スーツのポケットには入らないでしょう?」

美弥子さんはあっさりと答えた。

それを聞いて、わたしは、あっ、と思った。

いわれてみれば、たしかに男の人はコートを腕にかけていただけで、カバンは持っていなかった。

薄い文庫本ならともかく、あのサイズの本をコートやスーツのポケットに入れる人は、あまりいないだろう。

それに対して、赤ちゃんを抱っこしていたお母さんは、口の大きくあいたトートバッグ

を肩にかけていたのだ。

「あれはマザーズバッグっていうのよ」

鳥居に向かって歩き出しながら、美弥子さんはいった。

「マザーズバッグ？」

「そう。赤ちゃんを連れて外出するときって、荷物がすごく多くなるでしょ？」

おむつや哺乳瓶はもちろん、ミルクをつくるためのお湯を入れた水筒や、お菓子、おもちゃ、絵本、ウエットティッシュ、ビニール袋、母子手帳に保険証、そしてなにかあったときのための着替え一式……。

「しかも、さっきみたいに赤ちゃんを抱っこしたまま中身を出したりしないといけないから、物が出し入れしやすいようになってるの」

それはつまり、なにかを取り出すときに、物が落ちやすいということだ。

「でも、ビジネスに使えるって書いてたから……」

わたしは言い訳するようにいった。

もちろん、女性でもバリバリ働いている人はたくさんいるんだけど、なんとなくスーツの男性に目がいってしまったのだ。

「まあ、たしかにそうなんだけど……実はわたし、あの本を読んだことがあるの」

美弥子さんによると、あの本の著者は女の人で、すごく残業の多い会社で働いていたんだけど、出産を機に育休をとってみたら、時間の使い方についていろいろと学ぶことが多かったらしい。

「たとえば、ちょっと郵便局とか銀行にいくだけでも、赤ちゃんがいると準備が大変だったり、すごく時間がかかったりするのよ」

それは家の中でも同じことで、洗濯や掃除や食事の下ごしらえを同時進行することで、より効率的に家事を進めることができる。

あの本は、育児の経験を仕事に生かす方法が書かれたビジネス書だったのだ。

「もちろん、だから絶対にあの人だって確信してたわけじゃないけどね。図書館で、マザーズバッグからよく物が落ちるのも見てたし、一応、可能性が高そうな人から声をかけていくつもりだったの」

それがうまい具合に一人目で当たったのだと、美弥子さんはなんでもないことのようにいって、鳥居をくぐった。

だけど、わたしにとっては十分すごいことのように思えた。

やっぱり、わたしの本の先生はかっこいいなあ、と思っていると、美弥子さんが不意にこっちを向いて、首をすくめるような仕草を見せた。

「寒くなってきたね。ちょっと、甘くて温かいものが欲しくならない？」

「なる！」

わたしは元気よく返事をして、石段をおりはじめた。

神社の近くにある甘味処でぜんざいをごちそうになってマンションに戻ると、先に帰っていたお母さんが、リビングでみかんをむいていた。

「お帰り。年賀状、届いてたわよ」

テーブルの上に、わたしあての年賀状が、ぽつんと一枚だけ置いてある。

なにげなく手にとって裏を向けたわたしは、ドキッとした。

壁のように積み上がった本の山に囲まれて、男の子が本を読んでいるんだけど、あまりにも集中しすぎて、山が崩れそうなことに気づいていない——そんなイラストの上に、「謹賀新年」の文字が並んでいる。

そして、一番下には手書きで短くこう書かれてあった。

「感想、ありがとう　関根要（せきねかなめ）」

わたしのお父さんが、関根要という小説家だと知ったのは、去年の秋のことだった。お父さんが雲峰市立図書館でおこなった講演会に、美弥子さんが招待してくれたのだ。

年末には図書館で関根さん——お父さんと二人で会って、ゆっくりと話すこともできた。

その後、新刊を送ってくれたので、感想を送ったんだけど、それを読んでくれたのだろう。

顔をあげると、お母さんが微笑みながら、わたしをじっと見つめていた。

「お母さんのとこには来てないの？」

わたしが聞くと、

「秘密」

お母さんは意味ありげな笑みを浮かべながら、キッチンに向かった。

十年前、二人がどういう理由で別れたのか、わたしは知らない。

だけど、きっといつか自分たちの口から説明してくれる日が来ると信じているので、それまで待つつもりだった。

「あ、そうだ。はい、これ」

湯飲みを両手に戻ってきたお母さんに、わたしは神社で買ってきたお守りを渡して、さっきの境内での出来事を話した。

お母さんはお茶を飲みながら、黙って聞いていたけど、

「やっぱり、本のプロってすごいね」

というわたしの言葉に、

「うーん……それは本のプロっていうより、接客業のプロなんじゃないかな」

小さく首をかしげて、そんな台詞(せりふ)を口にした。

「どうして？　本の持ち主を一瞬で推理したんだから、本のプロじゃないの？」

「図書館の司書は、本に詳しいだけじゃつとまらないのよ」

お母さんは、フフッと笑った。さすがに親戚だけあって、そんな風に笑うと、美弥子さんとよく似ている。

お母さんは湯飲みに息を吹きかけてさましながら口を開いた。

「もちろん、本の中身を知ってることも大事だけど、図書館にあるすべての本に目を通すなんて不可能でしょ？　それよりも、いま目の前にいる人がなにを求めているのか、ちゃんと観察して想像力を働かせることが大切なの。本の内容を知ってるのは知識だけど、知識を有効に使うには、観察力と想像力がないとね。図書館の主役は、本じゃなくて、人なんだから」

図書館の主役は人、という言葉が、すとんと胸に落ちた。

思い返せば、去年一年間は、図書館を舞台にしていろんなことがあった。

迷子の女の子がきっかけになって、地元の作家さんと知り合えたり、何十年も前に借りた本のことで、同じクラスの安川（やすかわ）くんと仲良くなったり、幻（まぼろし）だと思われていた本があらわれたり、課題図書について考えさせられたり、講演会でお父さんと出会ったり……。

たくさんの本と出会えたのはもちろんだけど、本との出会いは人との出会いでもあったわけだ。

本と人、どっちも宝物だな、と思いながら、わたしは温かい湯飲みをそっと両手で包んだ。

冬休みの最終日。

目を覚ますと、お母さんはとっくに仕事に出かけていた。

わたしは昨夜(ゆうべ)のうちに下ごしらえをしていたフレンチトーストで、遅い朝ご飯をすませると、パジャマを着替えてベランダに出た。

わたしが住んでいるのは、五階建てのマンションの最上階で、ベランダに出ると正面に雲峰市立図書館が、さらにその向こうに雲峰山が見える。

右手に顔を向けると、わたしが通っている陽山小学校があって、図書館をはさんで反対側には陽山中学校が建っていた。

来年の四月から、わたしもあの中学校に通うことになる。

だけど、同級生でも塾に通ってる子が多くて、何人かは私立の中学校を受験するので、みんなが同じ中学校に通えるわけじゃない。

いままで、当たり前のように過ごしてきたことが、当たり前ではなくなるのだ。

みんな、それぞれの道を進むんだな……。

わたしはまだ、将来なにがしたいとか、はっきりとした目標はないけど、できればお母さんや美弥子さんみたいに、本に関係する仕事ができたらいいな、という憧れはある。

わくわくした気持ちと、それと同じくらいの不安を胸に抱えながら、わたしは部屋に戻った。

家の中を片付けて、お茶を入れると、図書館で借りてきた本を開く。

タイトルは『しおりの話』。作者は本野栞(しおり)さんという冗談みたいな名前で、一見すると本にまつわるエッセイみたいなんだけど、実は本にはさむ「栞」を主人公にしたミステリー小説なのだ。

中身は連作短編で、いろんな人の手を渡り歩いていく栞が、その人に起こった事件を語っていくんだけど、最終話でそれまでの話がすべてつながって、わたしは本を読みながら、思わず「わぁ」と声をあげてしまった。

あっという間にお昼になって、お母さんが作り置きしてくれたチャーハンでお昼ご飯をすませると、わたしは続いて、図書館で借りてきたもう一冊の本、『歌う図書館』に手を伸ばした。

こちらは中学年向きの短い読み物で、歌が大好きな女の子が主人公だ。

ある日、誰もいない図書館でこっそり歌っていると、やっぱり歌が大好きな本たちが話しかけてきて……という、ちょっと変わった内容なんだけど、歌が得意な本や苦手な本があって面白かったし、ラストの、嵐で閉館して外に声が漏れない状況で図書館の本たちが大合唱するシーンは圧巻だった。

二冊を読み終わって気が付くと、さっきまで真っ青だった空は半分くらい薄い雲におおわれて、風がガタガタと窓を揺らしていた。

陽が暮れると、一気に気温が下がって寒くなる。わたしはリュックに急いで本を詰め込むと、誰もいない部屋に、

「いってきまーす」

と声をかけて、部屋を飛び出した。

マンションから図書館までは、自転車で五分くらいの距離だ。

そのわずか五分の間にも、冷たい風がどんどんいきおいを増していく。

図書館の駐輪場に自転車を停めたわたしは、身を切るような風から逃げるようにして、建物の中にかけこんだ。

入ってすぐのところには、お知らせ掲示板があって、先月までは掲示板の横に、きれいに飾られたクリスマスツリーが置いてあったんだけど、いまはシンプルな門松に変わっている。

（明けましておめでとうございます。今年もよろしくお願いします）

心の中で図書館にあいさつをして、門松にぺこりとお辞儀をすると、さらに奥へと足を進めた。

雲峰市立図書館は三階建てで、一階には大人向けの小説と児童書が、二階には科学や歴史、料理や手芸や美術の本（実用書というらしい）が、一生かかっても読み切れないくらい並んでいる。そして三階には、大きな自習室と、「おはなしの会」や短歌のサークルなんかに利用されている、〈談話室〉と呼ばれる小さな部屋があった。

一階は、入ってすぐのロビーを抜けると大人向けの小説があって、中央に貸出カウンター、そして奥が児童書になっているんだけど、カウンターには本を手にした人で、長い列ができていた。

本を返すのはあとにして、先に借りる本を選びにいこうかな、と思ったわたしは、カウンターの前を通り過ぎようとして、足を止めた。

カウンターの向かいに、長机を組み合わせて白い布をかけた大きな台があって、その上に、パン屋さんで見かけるような、無地の茶色の紙袋がいくつも並んでいる。

そして、台の後ろには、まるで商店街のセールみたいな大きな文字で、

〈本の福袋、はじめました！〉

と書かれた大きなパネルが設置してあった。

わたしが首をかしげていると、

「本の福袋？　なんだ、それ？」

すぐそばで声がして、わたしは顔をあげた。

カーキ色のダウンジャケットを着た男の子が、重そうなトートバッグを手に、となりに立っている。

「安川くん」

同じクラスの安川くんは、去年、延滞本に関する相談を受けたことがきっかけで話すようになって、いまではすっかり図書館の常連仲間だった。

「明けましておめでとう」

今年初めて顔を合わせる安川くんに、わたしが年始のあいさつをすると、

「ああ、うん。おめでとう」

安川くんはちょっと照れたように返事をしながら、特設台に近づいて、一番手前にあった紙袋を手にとった。

紙袋には、【休息】と書かれたラベルと〈毎日の仕事に疲れて、ほんの少し休憩したい人へ〉という説明書きがついている。

「重っ！　これ、なにが入ってるんだよ」

悲鳴をあげる安川くんに、

「もちろん、本だよ」

頭の上から、返事が降ってきた。

振り返ると、モスグリーンのエプロンをつけた司書の天野(あまの)さんが、本を抱えて立っていた。

汚れた本や傷がついてしまった本の修理が得意で、職員さんや常連の間で「本のお医者さん」と呼ばれている天野さんは、

「テーマごとに、ぼくたちが選んだ本が、三冊ずつ入ってるんだ。家に帰って、開けてみてのお楽しみってわけ。ぼくが選んだ本も入ってるから、よかったら借りてみて」

そういうと、ニヤッと笑ってカウンターへと戻っていった。

「へー、面白そう」

わたしは紙袋に書かれたテーマとコメントを、順番に読んでいった。

【冒険】

〈冒険したい子どもへ、または子どものような大人へ〉

【科学】

〈宇宙のことや、未来のことを、もっと知りたいあなたへ〉

【初恋】

〈初めて人を好きになったのはいつですか？〉

【お菓子】

〈あなたは作る派？　それとも食べる派？　あなたの知らないお菓子、ここにあります〉


選んだ職員さんの顔が浮かんできて、思わず顔がにやけてしまう。

わたしはそのキーワードと説明書きから、中に入っている本を想像してみた。

ほんの少し休憩したい人へ、ということは、きっとホッとするような本が入っているのだろう。絵本だろうか。それとも、きれいな写真集？　もしかしたら、おいしいコーヒーの淹れ方かもしれない。

冒険は、やっぱり子どもが冒険する、あの名作かな？　でも、いかだの作り方とか、サバイバル系が入ってるかもしれないし……。

中に入っているのが小説とは限らないので、予想するのは難しいけど、それがかえって面白かった。

福袋を見ているうちに、カウンターの列が短くなってきたので、わたしと安川くんは返却手続きをすませると、児童書のコーナーに足を踏み入れた。

図書館は、わたしにとって本の森みたいなもので、背表紙を眺めながら歩くだけでも、なんだか気持ちがホッとする。

もしかしたら、本からは特別なマイナスイオンのようなものが発生しているのかもしれないな——そんなことを考えながら、わたしは「もし自分がつくるとしたら、どんな福袋をつくるか」を想像してみた。

やっぱりテーマは【図書館】だろう。

説明書きは「図書館を愛するあなたへ」。

そうなると、霧が出ている間だけ存在する伝説の図書館と、その図書館で行方不明になったお母さんを捜す少年の物語『霧の図書館』は外せないし、「ナポレオンが飼っていた猫の回想録」とか「じゃんけん公式ルールブック」とか、存在しない架空の本ばかりを紹介した『架空図書館』も入れたいし……。

三十分後。貸出手続きを終えて、来たときよりも重くなったリュックを背負ったわたしが、ふたたび福袋コーナーに足を向けると、ジーンズ姿のすらりとした女の子が、紙袋を手にしていた。

「葉月さん」

わたしが声をかけると、

「あ、しおりさん。今年もよろしくお願いします」

葉月さんは振り返って、ていねいに頭を下げた。

「こちらこそ、よろしくお願いします」

あわてて頭を下げかえす。

酒井葉月さんは読書感想文が得意な六年生で、去年、課題図書のことがきっかけで仲良くなった。住んでいるのは空知市なので、雲峰市の図書館では本は借りられないんだけど、今日はこっちに住む親戚をたずねた帰りに、ちょっと立ち寄ったのだそうだ。

「これって、福袋なんですか？」

不思議そうな顔で、【熱血】と書かれた紙袋を手にとる葉月さんに、わたしが説明すると、

「面白いですね」

葉月さんは本当に面白そうに、目を輝かせた。

「葉月さんだったら、どんな福袋をつくりますか？」

わたしがたずねると、

「うーん……そういえば、お正月に読んだ本が、すごく面白かったの。えーっと、なん

だったかな……」

葉月さんは首をひねりながら、可愛らしいピンクのショルダーバッグから、一冊の薄い手帳を取り出した。

それを見て、わたしはドキッとした。

葉月さんが手にしていたのは、薬の処方内容を記したシールを貼るための、お薬手帳だったのだ。

薬局でももらえるけど、最近は、可愛いデザインのものを自分で買う人も多いらしい。

「葉月さん、体調が悪いんですか？」

わたしは心配になってたずねた。

「え？」

葉月さんはびっくりしたように声をあげて、すぐに手帳に気づくと、

「ああ……これは違うんです」

笑いながら、表紙をこちらに向けた。

よく見ると、「お薬」のところに上から大きく「読書」と書かれたシールが貼ってある。

「読書手帳？」

わたしが目を丸くすると、葉月さんはうなずいて、手帳を開いた。

中身を見て、わたしはまたおどろいた。

手帳の中に貼られていたのは、たくさんの貸出レシートだったのだ。

レシートといっても、お店で買い物をしたときにもらう、あのレシートではない。図書館で本を借りたときに渡される、タイトルとか返却日が印字された小さな紙のことだ。

「これ、うちの学校で流行ってるの。しおりちゃん、読書通帳って知ってる？」

わたしはうなずいた。それなら聞いたことがある。

見た目は銀行の通帳なんだけど、特別な機械を通すと、日付とか借りた本のタイトルが印字されて、自分がいままでになにを借りたのか、一目で分かるようになっているのだ。

実は、図書館の貸出記録は、本を返却した瞬間に消えてしまうので、自分がいままでにどの本を借りたのかは、図書館の人でも分からない。

かといって、全部のタイトルや作者名を手書きで残すのも手間がかかる。

読書通帳は、タイトルや作者名を印字することで、簡単に読書記録を残すことができるんだけど、印字する機械や通帳にお金がかかることもあって、雲峰市立図書館では導入していなかった。

「しおりさんは、借りた本のタイトルを忘れちゃうことってありませんか？」

葉月さんに聞かれて、わたしはちょっと考えてから首を振った。

「たぶんないと思います」

「わたしはよくあるんです」

葉月さんはそういって肩をすくめた。

「そうなんですか？」

本好きの葉月さんなら、覚えているだろうと思っていたので、わたしはちょっと意外だった。

「もちろん内容は覚えてるんですけど、タイトルとか作者の名前が出てこないことが多いんです」

そんなとき、おばあさんにこの手帳の話を聞いて、試してみたのだそうだ。

葉月さんのおばあさんは、絵手紙教室に通っていて、その教室の生徒さんの間で、この手帳が流行っているらしい。

年配の人の場合、特に時代小説なんかだと、同じシリーズで何十冊も出ているので、どこまで読んだのか分からなくなってしまうことが多い。

そこで、ある人が家に余っていたお薬手帳に貸出レシートを貼るようにしたところ、それが思ったよりも便利だったので、みんなに広まっていったのだそうだ。

そういえば、うちにもお薬手帳が余っていたな、と思いながら、葉月さんの手帳を見せてもらっていると、貸出手続きを終えた安川くんが戻ってきた。

葉月さんと別れて、安川くんといっしょに図書館をあとにする。

自転車を押して歩きながら、安川くんに読書手帳の話をすると、

「それ、いいな」

安川くんは感心した様子で、自分のバッグに目をやった。

「おれはけっこう、忘れちゃうからなあ……」

「今日はなに借りたの？」

なにげなくたずねながら、安川くんのバッグに目を向けたわたしは、茶色の紙袋がのぞいていることに気が付いた。

「福袋、借りたんだ」

「あ、うん」

安川くんはなぜか表情をかたくして、福袋を取り出した。

そのラベルの文字を見て、わたしはハッとした。


【将来】

〈あなたの前には、何本かの道と、たくさんの道なき道があります。あなたはどれを選びますか？〉


わたしが無言でその説明書きを見ていると、

「受験、どうしようかと思って」

安川くんは、ぽつりといった。

その言葉に、トクンと胸が音をたてる。

安川くんが、地元の中学校に進学するか、私立の中学校を受験するかで迷っていることは知っていた。

もちろん、別の学校にいったからといって、会えなくなってしまうわけじゃない。家は近所だし、図書館に来れば、また会えるだろう。だけど――。

道の途中でたたずむわたしに、安川くんは紙袋をバッグに戻しながら表情をゆるめた。

「どんな本が入ってたか、また報告するよ」

「うん」

笑顔を返して、ふと遠くに目をやると、冬の早い夕暮れが、道の向こうから近づいていた。


「ねえ、しおりちゃん。これって知ってる？」

三学期の始業式が終わって、教室で帰り支度をしていると、同じクラスの北川京子ちゃんが、一冊の小さな手帳を手に話しかけてきた。

表紙では可愛いペンギンが、湯気のあがるカップを片手に、机に向かって本を読んでいる。

「もしかして、お薬手帳でつくった読書手帳？」

「あ、やっぱり知ってたんだ」

わたしの反応に、京子ちゃんは嬉しそうに笑った。

「しおりちゃんは、つくらないの？」

「うーん……わたしの場合、あっという間に手帳が埋まりそうだしなあ……」

「たしかに。普通のノートに貼っていった方がいいかもね」

京子ちゃんはそういいながら、自分の手帳を開いて見せてくれた。


『思い出はあの橋を渡る』

『一週間後、ぼくはＡＩに恋をする』

『紀元前二千年の恋』


どれも、わたしが読んだことのないタイトルばかりだ。

京子ちゃんには五つ上のお姉ちゃんがいて、この冬休みは、そのお姉ちゃんに教えてもらったＹＡ――ヤングアダルトと呼ばれる、主に中学生とか高校生がターゲットになったジャンルの本を、まとめて読んでいたらしい。

「へー、面白そう」

今度、図書館で探してみよう、と思っていると、

「北川」

安川くんが京子ちゃんを呼んで、教室の入り口を指さした。

「長峰（ながみね）が呼んでるぞ」

振り返ると、となりのクラスの長峰くんが、ドアから顔をのぞかせていた。

「あ、じゃあまたね」

京子ちゃんがいってしまうと、入れ替わるように安川くんがやってきて、わたしに聞いた。

「北川って、長峰と仲いいのか？」

「知らないの？　付き合ってるらしいよ」

わたしの言葉に、安川くんはちょっと目を丸くして、教室の後ろで立ち話をはじめた二人を見た。

読書が好きで物静かな京子ちゃんと、足がすごく速くて、地元のサッカーチームでは五年生ながらエースストライカーの長峰くん。対照的な二人だけど、校内の恋愛事情に詳しい麻紀（まき）ちゃんによると、二学期の終わりごろから付き合っているのだそうだ。

二人は読書手帳をお互いに見せ合って、なにか話しているみたいだ。

長峰くんは、どんな本を読んでるのかな——そんなことを思いながら、二人の様子を眺めていると、それまで笑顔で手帳を見ていた京子ちゃんが、急に顔をこわばらせた。

そのままスーッと、顔から表情が消えていく。

どうしたんだろう、と思っていると、京子ちゃんは白い顔で手帳を閉じた。そして、

「ごめん。帰るね」

長峰くんに手帳を突き返すと、学校指定のリュックを手に、うつむいたまま教室を出ていった。

そのとつぜんの変わりように、あとに残された長峰くんは呆然として、その後ろ姿を見送っていた。

「なんでか全然分かんないんだよ……」

長峰くんは、困り切った様子でそういうと、がしがしと頭をかいた。

学校からの帰り道。

わたしと安川くんは、長峰くんといっしょに正門を出て、ゆるい下り坂を歩いていた。

京子ちゃんが去ったあと、その場に立ち尽くしていた長峰くんに、安川くんが「いっしょに帰ろうぜ」と声をかけたのだ。

二人は家が近所で、幼稚園のころからの友だちらしい。

肩を落として校舎を出る長峰くんに、安川くんが、

「お前、北川になにいったんだよ」

と聞いた。

それに対して、しばらく考えた末に、長峰くんが口にしたのが、さっきの台詞だったのだ。

「なにもないのに、急にあんな態度をとるわけないだろ」

安川くんの言葉に、長峰くんはぐっと言葉に詰まった。

「さっきは、なんの話をしてたの？」

わたしが横からたずねると、

「これを見せながら、冬休みに読んだ本の話をしてたんだけど……」

長峰くんはリュックから読書手帳を取り出した。表紙にはサッカーボールや野球のボール、バスケットボールなんかが並んでいる。元々は、スポーツ好きな子のためのお薬手帳だったのだろう。

「長峰って、そんなに本好きだったっけ？」

安川くんが不思議そうにいうと、長峰くんは照れたように頭をかいて、小さく首を振った。

「いや……北川と付き合うようになってから、やっぱりもうちょっと本を読んだ方がいいかな、と思って……」

「ねえ、聞いてもいい？」

わたしは気になっていたことを、思い切って聞いてみた。

「もともと、どういうきっかけで付き合うようになったの？」

長峰くんは、一瞬ギョッとしたように足を止めたけど、すぐにまた歩き出すと、足元に視線を落としながらぽつぽつと話し出した。

長峰くんによると、仲良くなったきっかけは、去年の陽山祭りだった。

陽山祭りというのは、毎年秋におこなわれる、陽山小学校主催の文化祭みたいなもので、うちのクラスは京子ちゃんと安川くんが実行委員をやっていた。

長峰くんはとなりのクラスの実行委員で、学校全体の委員会なんかで顔を合わせているうちに、仲良くなったらしい。

そして、陽山祭りが終わった次の日に、長峰くんが京子ちゃんを呼び出して、告白したのだそうだ。

「だから、まだしゃべるようになってから二ヶ月くらいなんだけどさ……」

そこで言葉を切ると、長峰くんはすがるような目をわたしに向けてきた。

「茅野は北川と前から仲良かっただろ？　あんな風に怒るとこって、見たことあるか？」

「京子ちゃん、怒ってるっていうより、泣いてたんじゃないかな……」

「泣いてた？」

びっくりしたように聞き返す長峰くんに、わたしは「うん」とうなずいた。

教室を出ていく直前、京子ちゃんの横顔がチラッと見えたんだけど、なんだか涙を我慢しているように見えたのだ。

だけど、読書手帳にのっているのは借りた本のタイトルと作者、それに返却日くらいで、それを見て泣くとは考えられない。

わたしは思いついたことを口にしてみた。

「もしかして、冬休みになにかあったんじゃない？」

「大喧嘩（おおげんか）して、まだ仲直りできてなかったとか……」

「そんなことないけどな」

長峰くんは眉間にしわを寄せて、難しい顔で首をひねった。

「だいたい、冬休みはあんまり会えなかったんだ。だから、喧嘩することもなかったし……」

実は去年の十二月二十五日——終業式当日の朝、長峰くんの家に、父方のお祖父(じい)さんがとつぜん倒れて入院したという連絡が入ってきたらしい。

そのため、長峰くんは終業式から帰るとすぐに、お父さんの車で病院へと向かった。

さいわい、お祖父さんの体調はすぐによくなったんだけど、せっかく三時間以上かけて来たのだからと、長峰くんの家族はそのまま田舎(いなか)で年を越したのだそうだ。

「でも、正月には帰ってきて、いっしょに初詣もいったし、そのときは別に怒ってる様子はなかったけどな……」

そういう事情なら、会えなかったからという理由で、京子ちゃんが怒ったり泣いたりすることはないだろう。

わたしが腕を組んでうなっていると、

「なあ。茅野から聞いてみてくれないか？」

長峰くんはそういって、顔の前で両手を合わせた。

「しょうがないなあ……」

あまり気はすすまないけど、仕方がない。

わたしは腰に手を当ててうなずいた。

「分かった。明日にでも聞いてみる」

「ありがとう」

長峰くんの表情が、パッと明るくなる。

だけど結局、その依頼は果たせなかった。

翌日から、京子ちゃんが学校に来なくなってしまったのだ。


昼休み。わたしと安川くんがとなりの教室をたずねて、京子ちゃんがインフルエンザで休んでいることを告げると、長峰くんは自分の席で頭を抱えた。

「インフルエンザかよ……」

インフルエンザになると、熱が下がってからもしばらくは出席停止になるので、たぶん、次に学校に来るのは一週間後ぐらいになるだろうし、お見舞いにいくこともできない。

もちろん電話やメールは通じるけど、高熱で苦しんでいるところに、どうして怒っているのかなんて聞くわけにはいかないし、熱が下がったとしても、怒っている理由が分からなければ、連絡もとりづらかった。

長峰くんにとっては、まさに生殺し状態だ。

わたしと安川くんは、窓際にある長峰くんの席を囲むようにして、空いている椅子に座った。

「ねえ、そのときの手帳、見せてもらってもいい？」

わたしがいうと、長峰くんはリュックから手帳を取り出した。

お薬手帳を読書手帳として使うやり方を知っていたのは、意外にも京子ちゃんではなく、長峰くんの方だったらしい。所属しているサッカーチームのチームメイトに教えてもらったのだそうだ。

そんな長峰くんの手帳は、十二月からはじまっていた。

はじめのうちは、「まさか」が口癖の、ちょっと間抜けな探偵が活躍する『少年探偵マサカ』や、クラスメイトにまぎれている裏切り者を放課後までに見つけだす『教室サバイバー』など、男の子が好きそうな児童書のタイトルが並んでいたけど、最近は『バーチャル・リアリティ・レポート』とか『宇宙船地球号の軌跡』、『星の旅人』といった、大人っぽいタイトルが増えていた。

「長峰くん、こんな本も読むんだね」

わたしがそういうと、長峰くんは「まあな」といって、小さく肩をすくめた。

「北川がどんな本を読んでたか、覚えてるか？」

安川くんが、長峰くんに聞く。

「そうだな……」

長峰くんは、何冊かの本のタイトルを口にした。その中には、昨日、わたしが見せてもらったものもあれば、知らなかったものもあったけど、やはり傾向としては、中高生がよく読みそうな小説が多かった。

「茅野だったら、どんなことをされたら、一番機嫌が悪くなる？」

安川くんに聞かれて、

「そうだなあ……」

わたしは自分の身になって考えてみた。

「やっぱり、見られたくないのに、無理やり手帳を見られたりするのが、一番嫌かな」

だけど、長峰くんはぶんぶんと首を横に振った。

「そんなこと、するわけないだろ。だいたい、北川の方から見せてきたんだぞ」

たしかに、二人はもともと読書手帳をいっしょにつくって、見せ合いっこをしていたのだから、中身を見られたからといって不機嫌になるとは思えない。

「あれ？」

わたしは、昨日の放課後の情景を頭に思い浮かべて、声をあげた。

「そういえば、京子ちゃんの態度が急に変わったのって、自分の手帳を見られたときじゃなくて、長峰くんの手帳を見たときじゃなかった？」

「たしかに」

安川くんは、長峰くんに鋭い視線を向けた。

「長峰が、北川が怒るような本を借りてたんじゃないか？」

安川くんの言葉に、長峰くんは顔をしかめて「借りてないよ」と言い返した。

わたしも「でも、それはおかしいよ」と口をはさんだ。

たとえば、付き合っている相手がいるのに『ラブレターの書き方』なんて本を借りていたら、怒ったり、悲しくなったりするかもしれない。

だけど、見たところ、長峰くんの手帳にそんな本はなかったし、そもそも見られて困るような本なら、レシートを貼らなければいいだけなのだ。

「北川が嫌いなものがのってる本を借りたって可能性はないかな」

安川くんは別の推理を口にした。

「嫌いなものって?」

「たとえば、『ゴキブリ大百科』とか……」

「そんな本、おれだって嫌だよ」

長峰くんは、さっきよりも大きく顔をしかめると、

「だいたい、北川が嫌いなものって、なんなんだよ」

そういって、安川くんとわたしの顔に視線を往復させた。

「京子ちゃんが嫌いなものか……」

わたしはしばらく考えてから口を開いた。

「──嘘(うそ)、かな」

「嘘?」

長峰くんが聞き返す。わたしはうなずいて、

「京子ちゃんのお母さんが、すごく嘘が嫌いな人なんだって。その影響で、嘘をつくのもつかれるのも、すごく苦手だっていってた」

と答えた。

それを聞いて、長峰くんの表情がわずかにくもったのを、わたしは見逃さなかった。

「もしかして、心当たりあるの？」

「いや……嘘なんかついてないよ」

長峰くんは手と首を同時に振った。

そのとき、お昼休み終了五分前のチャイムが鳴ったので、わたしと安川くんはいったん教室に戻ることにした。

教室を出る直前、

「あ、そうだ」

わたしは長峰くんのところにかけ戻った。

「ねえ。この手帳、借りていってもいい？」

「いいけど……どうして？」

「ちょっと、本に詳しい人に相談してみようと思って」

もちろん、美弥子さんのことだ。

手帳を受け取って、教室に戻ると、

「あ、そうだ」

安川くんが自分の机から、一枚のメモを持ってきた。

「福袋に入ってた本」

「え？」

わたしはメモに目をやった。

几帳面な文字で、三つのタイトルが並んでいる。


『九十九回目の明日を、君と』

『ラスト・シーン』

『百億光年の迷い家』


三冊の中で、『ラスト・シーン』だけは読んだことがあった。

たしか、主人公は幼いころに両親が離婚した高校二年生の女の子で、最後に父親と会ったのは小学校にあがる前のことだった。ところが、亡くなったという知らせを受けて会いにいった父の顔は、思い出の中の顔とは違っていて……という話だったはずだ。

謎の男性の面影を追って、主人公はひとりで旅に出るんだけど……。

最後にたどりついた真相がきっかけになって、主人公が自分の進路についても考え直すラストシーンが印象に残っているので、この本が【将来】の袋に入っているのは分かる。

だけど、あとの二冊は、タイトルからは中身の想像がつかなかった。

安川くんもまだ読んでないらしいので、

「読んだら、感想教えてね」

といって、わたしは自分の席に戻った。


その日の放課後。わたしは家に帰ると、すぐに自転車で図書館へと向かった。

図書館の職員さんの勤務時間には、早番と遅番があって、遅番の人は夕方に休憩時間がある。

図書館に到着して、ちょうど休憩に入るところだった美弥子さんに声をかけると、美弥子さんはわたしを、図書館のとなりにある〈らんぷ亭〉という小さな喫茶店に誘った。

もともとは、本当にランプを売っていたお店で、いまのマスターが改装して喫茶店を開いたんだけど、昔の名残で、いまも店内のあちこちに腕のいいランプ職人だったマスターのお祖父さんやお父さんの作品が、きれいに飾られている。

わたしにとっては、ちょっと大人の気分になれる空間だった。

テーブル席が埋まっていたので、カウンター席に並んで腰をおろして注文をすませると、わたしはあらためて、事情を詳しく説明した。さっき図書館で声をかけたときは、

「図書館で借りた本がきっかけで、友だちが喧嘩してるので、相談にのって欲しい」

としか話していなかったのだ。

「これが、その手帳なんだけど……」

わたしがテーブルの上に、長峰くんの読書手帳を置くと、

「へーえ、こんなのが流行ってるんだ」

美弥子さんは感心しながら手にとって、わたしを見た。

「でも、わたしが中身を見ちゃってもいいの？」

「大丈夫。持ち主には、ちゃんと許可をとってあるから」

わたしは笑ってうなずいた。長峰くんには帰り際に、「すっごく頼りになる本の探偵さんみたいな人がいるから、見せてもいい？」といってあった。

わたしがそういうと、美弥子さんは「責任重大ね」と笑って、手帳のページをパラパラとめくりはじめた。

やがて、ページを最後まで見終わると、美弥子さんは大きく首をひねった。

「親しい人が借りたからって、ショックを受けるような本はなかったと思うけどなあ……」

「そうだよね……」

わたしもとなりでため息をついた。

長峰くんが借りていた本の多くは、男の子が好きそうな小学生向けの探偵ものとかパニックもので、最近はちょっと大人っぽい本も借りているみたいだけど、だからといって、

とつぜん怒り出したり泣き出したりするような本は見当たらなかった。

「あとは、京子ちゃんにとって個人的にすごく嫌な本があった可能性だけど……」

眉を八の字にする美弥子さんに、

「個人的に嫌な本って？」

わたしがたずねると、美弥子さんは「たとえば……」といって、一冊の本のタイトルを指さした。『謎解きテーマパーク』というその本は、謎の怪人からの招待状でオープン前の遊園地に集められた小学生たちが、クイズやパズルに答えながら遊園地内のアトラクションを攻略していくという児童書で、正解しないとジェットコースターから降りられなかったり、観覧車の回るスピードがどんどん速くなったりするのだ。

「京子ちゃんが、すごいジェットコースター恐怖症だったり、高所恐怖症で観覧車が大嫌いだったりしたら、こういう小説を面白いと思う人とは、仲良くなれないと思ったりするかもね」

「でも、京子ちゃんは絶叫系が大好きらしいよ」

わたしの言葉に、美弥子さんは苦笑いして肩をすくめた。

「だから、結局は本人に聞くしかないのよね」

「でも、インフルエンザが治ったとき、怒ってる理由が全然分からなかったら、気まずいだろうなあ……」

わたしが腕を組んだとき、

「お待たせしました」

白いひげにおおわれた口元をゆるめながら、マスターがわたしたちの前にカップを置いた。美弥子さんはミルクティー、わたしはホットココア。その甘い香りに、ぎゅっとかたまっていた心が、ゆるゆるとほどけていくようだ。

美弥子さんは、ミルクティーを一口飲んで、ふう、と息を吐き出すと、

「あの……」

忙しくなさそうなことをたしかめてから、マスターに声をかけた。

「マスターは、なにか思いつきますか？　彼氏が借りた本のタイトルを見て、彼女が怒ったり泣いたりするような理由……」

「そうですね……」

マスターはちょっと天井を見上げると、

「そういえば、年末にこんなことがありましたよ」

そんな風に前置きをしてから話し出した。

「若い男性が、カウンター席で本を読みながら、待ち合わせの相手が来るのを待っていたんです。十分ほどしてから、お連れの女性が来られたんですけど、その女性が男性の読んでいた本を見て、急に怒り出しまして……」

長峰くんと京子ちゃんの状況に、たしかによく似ている。

「その人は、なんの本を読んでいたんですか？」

わたしが学校みたいに手を挙げて質問すると、マスターはグラスをみがきながら答えた。

「正確なタイトルは覚えていませんが、履歴書の書き方についての本でしたね」

「履歴書ということは、大学生でしょうか」

美弥子さんがほおに手を当てて、首をかしげる。

たしかに、履歴書といえば就職活動のときに使うものだけど、マスターは首を振って、

「その男性は、社会人でした。ある会社にお勤めされてたんです」

といった。

「あ、分かった」

わたしは手をたたいた。

「その人は、いまの会社を辞めて、違う仕事に就こうとしてたんだけど、女の人はそれに反対してたんじゃないですか？」

「惜しい」

マスターは、ふき終えたグラスをカウンターの内側に並べながら笑った。

「半分正解です」

「え？」

どういうことだろう、とわたしが首をひねっていると、

「分かりました」

美弥子さんが微笑んで、口を開いた。

「彼女が転職に反対していることは、男の人も知っているはずなのに、わざわざ待ち合わせのときに転職活動の本を読むわけがない……つまり、男の人はなにか別の理由で履歴書の本を読んでいたんですね？」

「それじゃあ、女の人はどうして怒ったの？」

わたしは聞いた。美弥子さんは、わたしの方に向き直ると、

「だから、男の人はそんなつもりじゃなかったのに、女の人は彼が転職活動をしていると勘違いしちゃったのよ」

といった。

「正解です」

美弥子さんの解答に、マスターがにこりと笑った。

マスターによると、その男性は何ヶ月か前、会社を辞めようかと本気で悩んでいたところを彼女に説得されて、思いとどまることにしたらしい。

それなのに、待ち合わせ場所で履歴書の書き方の本を読んでいた彼氏を見て、あれだけ話し合ったのに、自分に相談なしに会社を辞めたんだと思い込んだ彼女が怒ったのだ。

「だけど、実際は転職活動じゃなかったんです」

男性は、自分が卒業した大学の後輩に、就職活動について相談されて、そのアドバイスのために読んでいただけだった。

結局、彼女の勘違いだったわけだ。

テーブルのお客さんが席を立って、マスターがレジに向かうと、

「京子ちゃんも、もしかしたら勘違いだったのかも……」

美弥子さんがぽつりとつぶやいた。

「勘違い？」

「うん。だって、その長峰くんっていう男の子も、見られて困ることがのってるなら、手帳を見せるはずがないでしょ？」

つまり、京子ちゃんはさっきの話の女の人と同じように、手帳を見てなにか勘違いをしたのかもしれない、というわけだ。

わたしたちはあらためて、手帳を見直した。

だけど、やっぱり勘違いしそうなタイトルは見当たらない。

貸出レシートにのっているのは、本のタイトルと作者名をのぞけば、貸出日と返却日、あとは図書館の電話番号くらいだ。

京子ちゃんは、この中のなにを見てショックを受けたんだろう、と思っていると、レジを終えたマスターが戻ってきた。

「あの……さっきのカップルって、大丈夫だったんですか？」

わたしが気になっていたことをたずねると、

「すぐに誤解が解けて、仲直りしてましたよ」

マスターは笑って答えた。

「その日はちょうどクリスマスだったんで、これから駅前のコンサートを見にいくんだっていってました」

「コンサート？」

首をかしげるわたしに、

「ほら、あれじゃない？　クリスマスツリーの——」

となりから美弥子さんが補足してくれて、わたしは「ああ」と声をあげた。

十二月に入ると同時に、雲峰駅の駅前には大きなクリスマスツリーが飾られる。

そのツリーの前では、毎年十二月二十五日になると、ピアノやバイオリンの屋外無料コンサートが開かれて、カップルでそのコンサートを見にいくと幸せになれる、という噂(うわさ)があるのだ。

「よかったですね」

マスターにそういって、ホットココアを口元に運ぼうとしたわたしの腕を、美弥子さんが「ねえ」とつっついた。

「さっきの話なんだけど、その男の子って、たしか冬休みはお祖父さんのところにいってたのよね？」

「うん。終業式の日に電話がかかってきて、帰ってすぐに車で向かったって……」

「二学期の終業式って、十二月二十五日だったっけ？」

「うん、そうだけど……」

どうしてそんなことが気になるんだろう、と思っていると、美弥子さんは手帳をわたしの方に向けて、あるページを指さしながらいった。

「だったら、これはどういうこと？」

「もう大丈夫なの？」

わたしが声をかけると、

「うん。わたしは学校にいくっていったんだけど、お母さんが心配しちゃって……」

京子ちゃんはちょっと照れたように笑った。

週明けの月曜日。

インフルエンザの出席停止期間は終わっていたんだけど、しばらく熱が続いたのと、疲れがたまっていたこともあって、京子ちゃんは今日も学校を休んでいた。

そこで、わたしは放課後、事前に連絡をとってから、京子ちゃんの家をたずねたのだった。

京子ちゃんは思っていたよりも元気そうで、自分の部屋に通してくれた。

「明日は学校にいけるから」

そういって笑う京子ちゃんに、

「あのね……」

わたしは始業式の日、長峰くんに相談を受けたことを正直に話した。

パジャマ姿の京子ちゃんが、表情をくもらせる。

「長峰くん、気にしてたよ」

わたしがいうと、

「うん……」

京子ちゃんは口をキュッと結んで、眉を寄せた。

わたしはリュックから長峰くんの読書手帳を取り出して、床の上に置いた。

「喧嘩の原因は、これでしょ？」

京子ちゃんが、ぐっと手を握りしめる。

わたしはさらに、手帳の最後のページを開いた。

長峰くんがその日に借りた本は、『バーチャル・リアリティ・レポート』、『宇宙船地球号の軌跡』、『星の旅人』の三冊だ。

図書館で確認したところ、どれもすでに返却されていて、『バーチャル・リアリティ・レポート』と『宇宙船地球号の軌跡』は海外のＳＦ小説を翻訳したもの、『星の旅人』は小説ではなく、夜空を撮り続けているカメラマンの旅行記だった。

そして、本を借りた日付けは、去年の十二月二十六日になっていた。

長峰くんは二十五日の終業式直後から、家族全員で田舎(いなか)に帰って、戻ってきたのは年が明けてからなので、この日に雲峰市立図書館で本を借りられるはずがない。

だから、これを見た京子ちゃんは、終業式の日からずっと田舎に帰っていたという長峰くんの話を嘘だと思ったのだ。

「それで怒ったんでしょ？」

わたしが問いかけると、

「……それだけじゃないの」

京子ちゃんは首を振って、小さな声で話し出した。

実は、京子ちゃんは長峰くんを、二十五日の駅前コンサートにいっしょにいこうと誘っていたのだ。

だけど、急に田舎に帰ることになった長峰くんは、終業式の日の朝、京子ちゃんにコンサートにいけなくなったことを告げた。

京子ちゃんも、理由が理由だから仕方がないと思っていたんだけど……。

「これを見たとき、嘘をついてまでコンサートにいくのを断ったっていうことは、わたしといくのがそれほど嫌だったのかなとか、もしかしたら、だれか別の人といく約束をしてたのかなとか、いろいろ考えちゃって……」

頭が混乱して、教室を飛び出してしまったのだと、京子ちゃんは目を赤くしながらいった。

コンサートにいっしょにいったカップルは、幸せになる――そんな言い伝えがあったからこそ、京子ちゃんは長峰くんといきたかったたし、嘘をついて断られたことがショックだったのだ。

わたしは、うんうんとうなずきながら、京子ちゃんが落ち着くのをみはからって、美弥子さんが教えてくれた、ある可能性について口にしてみた。

「え……」

京子ちゃんは予想外だったみたいで、目を丸くしている。

だけど、長峰くんを昔から知っている安川くんに聞いてみると、

「あいつだったら、やりそうだな」

ちょっと顔をしかめながら、そういったのだ。

わたしはぐっと身を乗り出して、京子ちゃんに顔を近づけた。

「よかったら、長峰くんと一度話をしてみない？」

「ほんとにごめん」

長峰くんは京子ちゃんを前にして、深々と頭を下げた。

京子ちゃんの住んでいるマンションの下にある小さな公園。風がやんでいるせいか、それほど寒くはなかったけど、陽が落ちはじめていることもあって、人影はほとんどなかった。

京子ちゃんの同意を得てすぐに、長峰くんに連絡すると、わたしからの連絡を待ってい

た長峰くんは、自転車を飛ばしてほんの数分で飛んできてくれたのだ。

「だますつもりはなかったんだけど……」

長峰くんは頭を下げたまま、絞り出すような口調でいった。

病み上がりということで、雪だるまみたいに着こんできた京子ちゃんは、そんな長峰くんを前にして、大きく首を横に振った。

「わたしの方こそ、ごめんなさい。いっしょにコンサートにいきたくなかったんだと、勝手に誤解しちゃって……」

その言葉に、長峰くんがはじかれたように頭をあげる。

「そんなことないよ。おれもいきたかったんだけど……」

見つめ合う二人のほおが、北風のせいではなく、赤く染まっていく。

横で見ているわたしも、なんだか恥ずかしくなってきた。

二十六日に借りたという三冊の本。

それは、長峰くんが借りたものではなかったのだ。

年が明けて、田舎から雲峰市に戻ってきた長峰くんが、久しぶりに図書館に足を運ぶと、床に一枚の貸出レシートが落ちていた。

なにげなく拾ってみると、そこには三冊の本のタイトルが並んでいた。

そのタイトルを見て、長峰くんは、

（こういう本を読めたら、かっこいいだろうな）

と思ったらしい。

わたしは本を読むのに年齢制限はないと思ってるけど、自分自身にとって「これはもうちょっと大人になってから読む本かな」と感じる本はある。

そういう意味では、この三冊はどれも大人っぽい本だった。

長峰くんも、きっとそう感じたのだろう。

だから、手帳にそのレシートを貼って、京子ちゃんに見せたのだ。

長峰くんとしては、京子ちゃんにかっこいいところを見せたいという思いでやったことだったけど、京子ちゃんはなぜか怒り出してしまった。

長峰くんは、その理由がまさかレシートの貸出日にあるとは思わなかったけど、嘘が嫌いという話を聞いて、余計に言い出せなくなってしまったのだ。

「美弥子さんがね……」

黙り込んでしまった二人の間に割り込むようにして、わたしは口を開いた。

「読書手帳って、本のアルバムみたいなものねっていってたの。だから、ほかの人が読んだ本のレシートを自分の手帳に貼っても、それは自分のアルバムに、ほかの人が旅行先で撮ってきた写真を貼るようなものじゃないかなって。いってもいない国の写真を貼って、『ここにいってきたぜ』って自慢しても、意味がないでしょ？」

「本のアルバムか……」

長峰くんが真剣な表情で、手にしていた自分の手帳に視線を落とす。

「あの……」

京子ちゃんが、そんな長峰くんに声をかけた。

「明日は学校にいけそうだから、よかったら、学校が終わってから、いっしょに図書館にいかない？」

「うん」

明るい顔で、いきおいよくうなずく長峰くんに、

「それじゃあ、あとはよろしくね」

と言い残して、わたしは公園をあとにした。

少し風が出てきた街並みを歩きながら、ふと、わたしも読書手帳をつくってみようかな、と思った。

わたしにとって、本を読むということは、本の世界を旅することだ。

もちろん、旅の思い出は心の中にしまってあるけど、時折昔のアルバムを見直したり、家族や友だちに、わたしはこんな旅をしてきたんだよ、と説明するために、旅の記念に一枚ぐらい記念写真を撮って、本のアルバムをつくるのもいいかもしれない。

いままで読んだことのあるすべての本の表紙が、アルバムのページに、写真みたいにきれいに並べられているところを想像して、わたしは弾む足取りで家路を急いだ。

第二話

司書さんをさがせ

「ひえ――――――っ！」

裏返った悲鳴をあげながら、島津さんがページをめくると、焦げ茶色をしたもぐらのハリーが、絵本の見開きいっぱいの長い坂道をコロコロコロと転がり落ちていった。

それを見て、子どもたちからいっせいに笑い声が起きる。

島津さんは息を吸い込むと、今度は落ち着いた口調で話しはじめた。

「ハリーは坂道を、いきおいよく転がっていきました。すると、坂の下では――」

さっ、とページをめくると、そこには黄色いトラが、口を大きく開けて待ちかまえていた。

「あぶない！」

一番前で読み聞かせを聞いていた三歳くらいの女の子が、高い声をあげた。

「食べられちゃう！」

「逃げて！」

ほかの子どもたちも、次々とハリーに危険を知らせようとしたけど、もちろんハリーは止まることなく、トラの口の中へと飛び込んでいった。

子どもたちが「あ―――っ！」と悲鳴をあげる。

島津さんは、気をもたせるように子どもたちの顔を見回してから、ゆっくりとページをめくった。

「さあ、大変です。ハリーはトラに食べられてしまいました。『あー、うまかった』。トラはぺろりと舌を出して……ん？　なんか変だぞ。トラはのどをおさえて、苦しそうな声をあげました。うう……ううう……」

島津さんが声色を変え、顔をしかめて見せた。

実は、ハリネズミに憧れていたハリーは、先のとがった松の葉を体中につけていたので、それがトラののどに刺さったのだ。

トラがゲホゲホとせきこんで、ハリーをペッと口から吐き出すと、子どもたちから、

「やったー」

と歓声があがった。

部屋の後ろで立ったまま見学していたわたしも、何度も読んだことのある話のはずなのに、気が付けばみんなといっしょになって、ハリーに拍手を送っていた。

一月も終わりに近い日曜日の午後。

図書館の三階にある〈談話室〉では、毎週恒例の「おはなしの会」が開かれていた。

学校の教室ぐらいの部屋で、いつもは「俳句の会」や絵本づくりのワークショップなんかに使われているんだけど、今日は机と椅子を後ろに寄せて、レジャーシートと毛布を床に敷いてある。

そして、シートのまわりには、段ボールで作った絵本棚を置いて、おすすめの絵本を並べてあった。

今回絵本を読んでくれているのは、〈雲峰読み聞かせの会　てくてく〉というボランティアサークルの、島津さんというおばあさんだ。

読んでいるのは『もぐらのハリー』。

ハリネズミに憧れたもぐらが、とつぜん「おれはハリネズミのハリーだ」と言い出して、ハリネズミの王国を目指す物語だ。

はいはいをしている赤ちゃんから小学校低学年くらいまでの子どもと、その保護者、合わせて二十人ほどが、島津さんの読み聞かせに聞き入っていた。

トラの口から脱出したあとも、蜂の大群に追いかけられたり、初めて見る海でおぼれそうになったりしながら冒険を続けたハリーは、結局ハリネズミの王国を見つけることはできなかったけど、可愛いモグラのおよめさんを連れて、住んでいた森へと帰っていった。

「ハリーとそのおよめさんは、いつまでも幸せに暮らしました。おしまい」

島津さんが絵本を閉じると、みんなから拍手が起こった。その拍手がおさまるのをみはからって、横でずっと読み聞かせを聞いていた美弥子さんが一歩前に出る。

「今日のおはなしの会は、これでおしまいです。島津さん、ありがとうございました。読み聞かせサークル〈てくてく〉のおすすめ絵本と、もぐらやハリネズミが出てくる絵本をこちらに展示してありますので、よろしければ手にとってごらんください。本日はご参加、ありがとうございました」

美弥子さんがお辞儀をすると、また拍手が起こって、みんなが立ち上がった。

子どもに靴をはかせて帰り支度をはじめるお父さんや、棚の絵本を手にとって、「これ、読んでみる？」と子どもに聞いているお母さんの様子を、わたしが部屋の後ろから眺めていると、

「どうだった？」

美弥子さんが近づいてきた。

「うん……面白かった」

わたしは素直に答えた。だけど、たぶん浮かない表情をしていたのだろう。美弥子さんは、ちょっと心配そうに、わたしの顔をのぞきこんだ。

「あんまり参考にならなかった？」

「そんなことないけど……」

わたしはあわてて首を振った。

実は、来月の頭に、わたしたち五年生は課外学習で、学校の近くにある幼稚園を訪問するんだけど、そこでわたしは絵本の読み聞かせをすることになっていたのだ。

その参考にするつもりで、久しぶりに「おはなしの会」を見にきたんだけど……。

島津さんは、サークルができた二十年以上前からいる、読み聞かせの大ベテランで、わたしも数年前まで、お客さんとしてよく聞きにきていた。

サークルにはほかにも、大きな身振りで情熱的に話すおじいさんや、まるで朗読のCDを聞いてるみたいに滑らかに話すお姉さんなど、いろんなメンバーがいる。

その中で、島津さんの話し方は、どちらかというと地味なんだけど、なぜかすごくひきこまれて、気が付けばお話に夢中になっているのだ。

なにか参考になれば、と思って参加したんだけど、読み聞かせを聞いているうちに、わたしはだんだん自信がなくなってきた。

「どうしたら、あんなに上手にできるのかな……」

子どもたちに囲まれて、「ハリーはどうなったの？」とか「ぼく、ハリネズミ、見たことあるよ」などと話しかけられながら、ニコニコしている島津さんを見て、わたしがつぶやくと、

「だったら、直接聞いてみたら？」

美弥子さんはそういって、わたしの背中をポンとたたいた。

「え、でも……」

わたしがためらいながら、島津さんに歩みよると、

「あら、しおりちゃん。来てくれてたの？」

島津さんがわたしに気づいて、嬉しそうに手を合わせた。

「大きくなったわね。いま何年生？」

「もうすぐ六年生です。あの、実は……」

わたしは思い切って、今度幼稚園で読み聞かせをすることを話した。

「それで、どうやったら上手に読み聞かせができるのか、コツがあったら教えてもらいたいんですけど……」

わたしの言葉に、島津さんは微笑みを浮かべたまま、ゆっくりと首をかしげると、意外な台詞を口にした。

「うーん……わたしには分からないわ。そんなコツがあったら、教えてもらいたいくらい」

「え……」

ころころと笑う島津さんに、わたしは一瞬絶句して、すぐに言葉を継いだ。

「島津さんは、すごくお上手だと思います。わたしも、島津さんみたいな読み聞かせがしたいです」

「あら、ありがとう。でもね……」

島津さんは目を細めていった。

「それは、わたしの話し方が上手なんじゃなくて、しおりちゃんの聞き方が上手なんじゃないかしら」

「え？」

意表を突かれて、わたしは瞬きを繰り返した。

「聞き方が上手？」

「ええ。だって、読み聞かせは読む人だけではできないでしょ？　聞く人がいて、はじめて読み聞かせになるんだから、それが上手に成功していたのなら、それは聞く人のおかげでもあるのよ」

「はあ……」

なんだかピンとこないまま、あいまいにうなずくわたしの頭に、最近、図書館だよりの特別号で読んだある文章が思い浮かんだ。

それは、去年の秋にお父さん――小説家の関根要さんが図書館でおこなった講演会の内容を文章にまとめたもので、その中に、こんな一節があったのだ。

「本は、書くだけでは完成しません。読む人がいなければ、文字の書かれた紙の束に過ぎないのです。だから、読んでくれる人がいてくれて、はじめて本は本になるのです」

その文章を目にしたとき、わたしは読者として嬉しいとともに、身が引き締まる思いがした。

読み聞かせは、聞く人がいてはじめて読み聞かせになる――その言葉の意味を、わたしはまだはっきりとはつかめていないけど、お父さんが小説家のプロであるように、島津さんもやっぱり読み聞かせのプロなんだな、と思った。

美弥子さんは後片付けがあるみたいだったので、わたしはひとりで談話室を出て一階におりると、フロアの一番奥にある絵本コーナーに足を向けた。

円形のマットを、低い本棚でぐるりと囲んだそのコーナーは、靴を脱いであがるようになっていて、いまも赤ちゃんがはいはいをしながら、お母さんといっしょに絵本を選んでいる。

さっきのって、やっぱり聞く人のことを考えましょうってことだよね……と思いながら、わたしは絵本の背表紙を順番に見ていった。

今回、読み聞かせをする相手は幼稚園児だ。

時期的には節分が近いので、鬼が出てきて、小さい子が怖がらないような絵本はないかな、と思いながら、ひざ立ちになって絵本を探していると、とつぜんだれかがわたしのふくらはぎに手を置いた。

「きゃっ」

短い悲鳴をあげて振り返ると、目のくりっとした赤ちゃんが、ふくらはぎの上ではいはいを中断して、こちらを不思議そうに見上げている。

「あ、こら、ゆうた」

腰から抱っこ紐をぶらさげた男の人が、あわててやってきて、赤ちゃんを抱き上げた。

「すみません」

「いえ、大丈夫です」

立ち上がりながら、わたしはふと、その男の人の顔に目をとめた。

「あの……さっき、おはなしの会にいらっしゃいませんでしたか？」

夫婦ではなく、男の人と赤ちゃんだけで来ている人は珍しかったので、なんとなく印象に残っていたのだ。

「いましたよ」

男の人は、胸の前で赤ちゃんを揺らしながら答えた。

「読み聞かせが終わって、絵本を借りて帰ろうと思ったんですけど、探してる本がなかなか見つからなくて……」

「どんな絵本ですか？」

「それが……おっと！」

ゆうたくんが、男の人の腕から抜け出そうと暴れはじめたので、わたしたちは絵本コーナーの隅っこに腰をおろした。

円形の棚に沿って、楽しそうにはいはいをしているゆうたくんを横目で見ながら、わたしがあらためてどんな本を探しているのか聞き直すと、

「それが……肩たたきの絵本なんです」

男の人は困惑した表情でいった。

「肩たたき？」

わたしはちょっとびっくりした。

赤ちゃんが読みたがる絵本としては、かなり渋い選択だ。

「肩たたきといえば……」

わたしは頭の中の本棚を検索しながら、絵本の棚を見ていった。

児童書や大人向けの小説は、作者の五十音順に並んでいるけど、絵本のコーナーはタイトル順だ。

「あ、あった」

わたしは一冊の絵本を抜き出すと、男の人に手渡した。

タイトルは『ぞうさん、おかたをたたきましょ』。表紙には大きなゾウと小さな女の子の絵が描かれている。

動物園で迷子になった女の子が、いろいろな動物の肩をたたきながら、お母さんをさがしていくというストーリーだ。

「ありがとう」

男の人は、パッと明るい表情になると、ゆうたくんをひざにのせて、絵本を開いた。

「ゆうたが探してたのは、この本かな？」

だけど、ゆうたくんはなんだか興味なさそうに、ひざから逃げ出そうとしている。

その様子に、この本じゃなかったのかな、だけどほかに肩たたきの出てくる絵本なんかあったかな……と思っていると、赤いスカートをはいた三歳くらいの女の子が、とことことこちらに近づいてくるのが見えた。

図書館でお友だちになった、カナちゃんだ。

「カナちゃん」

わたしが手を振ると、カナちゃんはニコッと笑って、

「おねえちゃん」

といいながら、マットにのぼってかけ寄ってきた。

ひとりっ子のわたしにとって、おねえちゃんと呼ばれることはめったにないので、嬉しいのと恥ずかしいのとで、なんだかくすぐったいような気持ちになる。

「こんにちは、しおりちゃん」

カナちゃんのあとを追うようにしてやってきたのは、水野遠子さん、いろんなジャンルの小説を書いている地元の作家さんだ。

「あ、そうだ」

わたしは手をたたいた。

「水野さん、肩たたきをテーマにした絵本、知りませんか？」

「肩たたき？」

水野さんは、とつぜんの質問に目を丸くして、わたしと、ゆうたくんが手にしている絵本に視線を往復させた。

わたしがゆうたくんとそのお父さんを紹介して事情を説明すると、水野さんは目を細めながらゆうたくんを見つめて、

「おいくつですか？」

と聞いた。

「もうすぐ一歳なんです」

男の人はゆうたくんを抱き上げると、あらためて「多田といいます」と名乗り、いまは奥さんが育休をとっているけど、ゆうたくんが一歳になるタイミングで、自分が育休をとって、子どもを見る予定なのだと話した。

今日はその練習も兼ねて、奥さんが買い物に出かけている間、図書館に連れてきたのだそうだ。

「でも、どうして肩たたきの本を？　まだそんなにしゃべれないですよね？」

絵本を次々と引っ張り出すカナちゃんを横目で見守りながら、水野さんが聞くと、多田さんは頭をかいた。

「それが……読み聞かせが終わって、ゆうたに『なんの絵本が読みたい？』って聞いたら、『タントン、タントン』と何度も繰り返すので、肩たたきの本が読みたいのかなと思って……」

多田さんの答えを聞いて、水野さんは、フフッと、小さく吹き出すように笑った。そして、

「もしかしたら、ゆうたくんが読みたがってるのは、こういう絵本かもしれません」

そういうと、本棚から何冊かの絵本を選び出して、ゆうたくんの前に置いた。

すると、ゆうたくんは多田さんの腕から身を乗り出して、舌足らずな声で「タントン、

タントン」といいながら、絵本の表紙を嬉しそうにたたきだした。

「たぶん、『タントン』じゃなくて、『ガタンゴトン』っていってるんだと思います」

呆気にとられた顔をしている多田さんに、水野さんがいった。

ゆうたくんの小さな手がたたいていたのは、どれも表紙に電車が描かれた絵本だったのだ。

たしかに小さい子には、車は『ブーブー』、犬は『ワンワン』、そして電車は『ガタンゴトン』と、物の名前を擬音語で教えることが多い。

ゆうたくんは、電車を「ガタンゴトン」と覚えていて、うまく口が回らなかったために、それが「タントン」に聞こえてしまったのだろう。

「カナも昔は、よくいってたからね」

水野さんは笑って、カナちゃんが自転車のことを「テンシャ」、トラックを「アック」、と呼んでいたことを教えてくれた。

「赤ちゃんって、言葉の後半に力が入っちゃうから」

「へーえ、そうなんだ」

わたしはいつの間にか床に座って、熱心に『ぞうさん、おかたをたたきましょ』を読んでいるカナちゃんを見た。

「たぶん、しおりちゃんもそうだったんじゃないかしら。ほかのママさんからも聞いたことあるから、赤ちゃんあるあるみたいよ」

水野さんが笑ってわたしの顔をのぞきこむ。

それを聞いて、多田さんが表情をくもらせた。

「いままで、あんまりゆっくりゆうたと過ごしたことがなかったからな……」

「だったら、チャンスじゃないですか」

水野さんはにっこり笑っていった。

「子どもが赤ちゃんでいてくれる時期って、本当に短いですからね。大変ですけど、楽しんでください」

その笑顔につられたように、多田さんも笑みを浮かべて、ゆうたくんと顔を見合わせた。


結局、多田さんは電車の絵本を、カナちゃんは『ぞうさん、おかたをたたきましょ』を借りて帰っていった。

わたしはしばらく悩んだ末、料理好きな鬼がおにぎり屋さんを開くんだけど、みんなが怖がってなかなかお店に来てくれないので、いろいろ工夫をしてお客さんを呼び込もうとする『オニぎりコロコロ』と、百年寝ている間に村人たちに勝手に神様にまつりあげられてしまった、なまけものの鬼が主人公の『鬼の神様』の二冊を手にして、絵本コーナーを離れた。

児童書のコーナーをのぞくと、美弥子さんが返却された本を片手に抱えて、次々と棚に戻している。

いつも思うんだけど、あの細い腕のどこに、あれだけの本をかるがると抱えられる力があるんだろう。

息を吸い込んで、声をかけようとしたわたしは、視界に入った人影に、とっさに息を飲み込んだ。

わたしとは反対側にある本棚の陰から、体を半分隠すようにして、若い男の人が美弥子さんをじっと見つめていることに気が付いたのだ。

大学生くらいだろうか。グレーのトレーナーにベージュのチノパン、手には黒のダウンジャケットを抱えている。

棚の本を見るようなふりをしながら、美弥子さんの顔にチラチラと視線を送るその様子に不自然なものを感じて、わたしがひそかに観察していると、

「どうしたの？　怖い顔して」

ぽん、と肩をたたかれて、わたしは飛び上がった。

振り返ると、天野さんが表紙の黄ばんだ薄い冊子を何冊も抱えて立っていた。

「そんなに怖い顔してました？」

心配になってわたしが聞くと、

「張り込みをする刑事みたいな顔してたよ」

天野さんはおどけた口調でいって、肩をすくめた。

張り込みといわれて、わたしはドキッとした。

以前、図書館の本が大量に消えるという事件があったとき、なんとか解決したいと思ったわたしは、犯人の可能性があるお客さんのあとをつけ回したことがあった。

そのとき、美弥子さんに、図書館のことを思う気持ちは嬉しいけど、お客さんを疑うようなことはして欲しくない、といわれてしまったのだ。

そんなことがあったので、わたしがなんて説明しようかと考えていると、天野さんはわたしの視線の先に目をやって、表情をこわばらせた。

「もしかして、あの男の人？」

「え？　知ってるんですか？」

わたしは小声で、美弥子さんをじろじろ見ているので気になったのだといった。

「そうか……」

天野さんは眉を寄せて、男の人から見えない位置に一歩さがると、わたしを手招きした。

天野さんの話によると、あの男の人は昨日も図書館にあらわれて、美弥子さんとは別の、若い女性の職員さんをじっと見ていたのだそうだ。

お客さんによっては、前に相談したのと同じ人に話を聞いてもらいたくて、特定の職員さんを探している人もいるけど、その職員さんは男の人に覚えがなかったらしい。

もちろん、店員さんがかっこいいという理由でお店にいく人もいるだろうから、職員さんに好意を持ってはいけない、というわけではないけど、なにもいわずにじっと見ているというのは、やっぱり気味が悪かった。

どうしようと思っているうちに、抱えていた本をすべて棚に戻し終えた美弥子さんは、わたしたちには気づかずに、階段の方へと足を向けた。

それを見て、男の人も手にしていた本を棚に戻して、あとをつけていく。

わたしたちは顔を見合わせると、二人のあとを追った。美弥子さんは三階まであがると、談話室に入っていった。どうやら、お客さんが全員いなくなるのを待って、後片付けにきたみたいだ。

談話室の入り口の手前で足を止めて、そっと中をのぞきこんでいる男の人に、

「あの……」

天野さんは後ろから声をかけた。

男の人が、ハッとした様子で振り返る。

そのやりとりに、こちらに気づいた美弥子さんが、作業の手を止めてやってきた。

「あら、しおりちゃん」

美弥子さんは、わたしたちと男の人を見比べて、不思議そうに首をかしげた。

「どうしたの？」

わたしと天野さんが男の人に視線を向ける。

「いや、あの……」

男の人はあわてて自分の足元に視線を落とすと、そのまましばらく目を伏せていたけど、

やがて小さな声で、

「……人を探してるんです」

といった。

「人を？」

美弥子さんが聞き返す。

「はい。この図書館の人なんですけど……」

男の人はようやく顔をあげると、わたしたちの顔を見回して答えた。

「ただ、いまもいるかどうか……もう十年も前の話なので……」

「なにか事情がありそうですね」

美弥子さんはにっこり笑うと、わたしと天野さん、そして男の人を、談話室の中に招き入れた。

おはなしの会が終わった談話室は、シートは片付けられているけど、椅子と机はまだ部屋の隅に寄せられたままだ。

天野さんが手早く椅子を運んできて、わたしたちは輪を描くようにして腰をおろした。

「あの……ぼく、神沢（かんざわ）といいます」

男の人――神沢さんは、あらためて頭を下げると、ぽつぽつと話し出した。

現在大学四年生の神沢さんは、小学生のころ、雲峰市のとなりにある笹木町（ささきちょう）に住んでいた。五年生の終わりに遠方に引っ越して、いまは実家から大学に通っているらしい。

「それで、四月から社会人になるんですけど、その前に、小学生のとき、この図書館でお世話になった司書さんにお礼がいいたくて……」

「その人の名前は分かりますか？」

美弥子さんが聞くと、神沢さんは漢字を説明しながら「伊東さんです」といった。

「伊東さん……」

美弥子さんは、首をかしげて天野さんを見た。だけど、天野さんも首を振って、

「ぼくも覚えがないなあ」

といった。

「この図書館に間違いないんですか？」

ちょっと不思議に思いながら、わたしは横から口をはさんだ。冬休みに遊びにきていた葉月さんみたいに、市外の人が雲峰市立図書館に来ること自体は珍しくない。だけど、何年も前の話なら、地元の図書館と勘違いしている可能性もあるんじゃないかと思ったのだ。

「それは間違いないと思います」

神沢さんは小さいけどきっぱりとした声でいうと、

「そのエプロンが印象に残っているので……」

美弥子さんがつけている、モスグリーンのエプロンを控えめに指さした。

あとで美弥子さんに聞いたんだけど、この近くで間違えそうな色のエプロンをつけている図書館はないらしい。

伊東という名前と若い女性ということは覚えていたけど、顔まではっきり覚えてなかったし、いまも勤めているかどうか分からなかったので、エプロンをつけている女性を遠くから観察して、たしかめていたのだそうだ。

「声をかけてくれればよかったのに」

天野さんが苦笑すると、

「すみません。人と話すのが、あんまり得意じゃなくて……」

そういって、神沢さんはペコリと頭を下げた。

「でも、どうしてその伊東さんを探してるんですか？」

美弥子さんが優しく聞いた。神沢さんは目を伏せて、スッと息を吸い込むと、

「ぼく、小学生のころ、いじめられていたんです……」

ため息のような声で話し出した。

いまから十一年前のこと。

当時、小学五年生だった神沢さんは、同じクラスの男子から執拗（しつよう）ないじめを受けていた。

その内容については詳しく話そうとしなかったけど、どうやら無視やからかいだけではなく、もっと攻撃的なものや、明らかに犯罪と呼べるようなものもあったようだ。

当然、学校にはいきたくないけど、そのことを親に訴えても、助けてくれるどころかむ

しろ、

「いじめられるのは、お前にも原因があるからだ。男がそれくらいのことで、めそめそするな」

と、反対に殴られることもあったらしい。

「ひどい……そんなの、おかしいです」

話を聞いて、わたしは両手を握りしめて怒ったけど、神沢さんは弱々しく微笑んで、

「でも、そのときは、本当にぼくが悪いような気がしてたんだ」

といった。

だけど、そう思ったところで、いじめられるのが辛いことに変わりはない。学校にもいきたくないし、家にも帰りたくない——思いつめた神沢さんは、ある日、学校をさぼることにした。

「でも、学校をさぼったら、家に連絡がいくんじゃないですか？」

わたしが聞くと、

「ぼくの通ってた小学校は、すごく人数が多かったんだ」

神沢さんは、わたしを見て肩をすくめた。

「だから、欠席や遅刻の連絡はメールで送るようになってたんだよ」

その日の朝、神沢さんは家のパソコンから欠席のメールを送ると、いつもと同じ時間に家を出た。

そして、家にこっそり戻って、庭の物置にランドセルを隠すと、いく当てもなく歩きはじめた。

通学路を歩くと知っている人に見つかりそうな気がして、人目を避けながら、ただひたすら歩き続けていると、パラパラと小雨が降ってきたので、神沢さんはちょうど近くにあった建物にかけこんだ。

それが、この雲峰市立図書館だったのだ。

平日の昼間で、図書館の中に子どもの姿はほかになかった。

神沢さんは、まわりの視線から隠れるように、書棚の本を適当に手にとると、窓際の椅子に座った。

少し風が出てきたのか、雨粒が窓ガラスをたたく音を聞きながら、神沢さんが足を休めていると、

「どうしたの？」

とつぜん、頭の上から声が降ってきた。

パッと顔をあげると、モスグリーンのエプロンをつけた女の人が、ひざに手を当てて、神沢さんの顔をのぞきこんでいた。

「な、なにがですか？」

学校をさぼっているのがばれたのかと思って、神沢さんがあせっていると、

「だって、泣いてるから」

女の人はそういって、心配そうに眉を寄せた。

え？　と思って目元に手をやると、たしかに涙が少しにじんでいる。

どうやら、自分でも気づかないうちに、泣いていたみたいだ。

「あ、これはちょっと、本に感動して……」

神沢さんが目をぬぐいながら言い訳すると、

「その本に？」

女の人はそういって、神沢さんのひざの上の本に目をやった。

『おかしな車図鑑』

前にも後ろにも運転席がついている車や、タイヤが球形をしていて真横にも走れる車など、世界の変わった車を紹介した図鑑だ。

「あ、えっと……」

さすがに無理があったかな、と黙り込む神沢さんに、

「もし違ってたら、ごめんなさいね」

女の人は耳に髪をかけながら、神沢さんに顔を近づけた。

「もしかして、なにか困ってるんじゃない？」

神沢さんはドキッとした。

困ってるといえば、これ以上困ってる状況はないだろう。だけど、正直にいったら家か
学校に連絡されると思った神沢さんは、

「別に……」

顔を背けて、本を読むふりをした。

「そう……」

女の人は、それ以上追及したりせずに立ち去っていった。

「その人は、どんな人だったんですか？」

話の途中でわたしがたずねると、神沢さんは美弥子さんに視線を向けた。

「ちょっと雰囲気が似ているかもしれません。栗色がかった明るい髪をして、白いシャツにエプロンをつけていました」

その後、神沢さんはしばらく車の図鑑を読んでいたけど、ふと顔をあげて窓の外に目をやると、いつのまにか雨はほとんどやんでいた。

そろそろ図書館を出ようかと、神沢さんが腰を浮かせかけたとき、

「あの……」

後ろから声をかけられたので、振り返ると、さっきの女の人が、一冊の本を手にして立っていた。

「よかったら、これ、読んでみない？」

差し出された本を、反射的に受け取る。

タイトルは『明日は晴れるかな』。

ソフトカバーの青っぽい表紙は、淡い青空から、細い雨が降っているように見えた。

「え、でも……」

「つまらなかったら、返してくれたらいいから」

女の人はそういうと、さっと背中を向けて、本棚の向こうに姿を消した。

神沢さんが戸惑っていると、窓の向こうから、またパラパラと雨音が聞こえてきた。一度やみかけた雨が、また降り出したみたいだ。

神沢さんは椅子に座り直すと、そっと表紙を開いて、ドキッとした。

あの日、ぼくは死ぬ場所を探していた――

物語は、そんな一行からはじまっていたのだ。

「それを見たときに、初めて気づいたんです。自分は家を出た瞬間から、死ぬことを考えてたんだって」

神沢さんはかすかに震える声でいった。

もちろん、具体的に計画していたわけではない。ただ、心の奥に、もうどうなってもいいという思いがあって、学校をさぼるという思い切った行動に出ていたのだ。

「息が止まりそうになりながら、ぼくはその本を読みました」

それは、中学校でいじめを受けていた少年が、死ぬつもりでおとずれた駅で、忘れ物の傘を拾い、それを届けるために旅に出るという話だった。

手掛かりは傘に書かれていたイニシャルと、偶然耳にしたわずかな会話だけ。

その会話の中に、知っている地名を聞き取っていた少年は、反射的に電車に飛び乗って……。

「どう？」

ふたたびかけられた声に、神沢さんはパッと顔をあげた。

雨はとっくにやんで、午後のやわらかな陽ざしが、窓の外に見える裏庭にさしこんでいる。

どうやら、時間が経つのも忘れて物語の中に入り込んでいたみたいだ。

「あの……面白いです」

神沢さんは、なんとかそれだけを口にした。だけど、本当は頭の中でいろんな思いがぐるぐると回っていた。主人公の少年に対する感情や、少年を理解しようとしない家族への怒り、傘の持ち主を探す途中で知り合った自称「旅人」という青年への興味……こんなに本に夢中になったのは、生まれて初めてのことだった。

「そう」

女の人はにっこり笑った。

「よかった。どうする？　借りて帰る？」

そういわれて、神沢さんは困った。

建物に入るときから、ここが雲峰市立図書館であることには気づいていた。

市民ではなく、市内の学校に通学しているわけでもない神沢さんは、本を借りることができない。

しかし、歩いて帰ることを考えると、学校をさぼっていることがばれないように家に戻るためには、そろそろ出発しないといけない。

迷った末、神沢さんは正直にいった。

「あの……ぼく、雲峰市民じゃないんです」

大人になったいまなら、地元の図書館で借りるとか、本屋にいって探せばいいと分かるけど、当時小学生だった神沢さんには、そこまで考えが及ばなかった。

「でも、借りて帰って続きを読みたいです」

神沢さんの台詞を聞いて、女の人はちょっと困った顔をしていたけど、

「ちょっと貸してくれる？」

そういうと、本をどこかに持っていった。

そして、すぐに戻ってきて、あらためて本を差し出した。

「これ、持って帰ってもいいわよ」

「え？　でも……」

神沢さんが戸惑っていると、

「大丈夫。わたしのカードで、貸出手続きをしておいたから」

女の人はそういって微笑んだ。

「え？」

神沢さんはびっくりして声をあげた。

「そんなことして、いいんですか？」

「本当はだめなんだけどね……」

女の人はスッと笑みを消すと、真剣な顔になっていった。

「たぶん、いまのあなたには本当に必要なものだと思うから」

結局、神沢さんは図書館からではなく、その女の人から本を借りて帰ったのだ。

「たぶん、ぼくの様子が本当にやばそうだったんだと思います」

神沢さんは弱々しい笑みを浮かべながらいった。

その日、さぼりがばれることなく家に帰った神沢さんは、夕食をすませると、勉強するという口実で自分の部屋にこもって、本の残りを一気に読み切った。

多くの人と出会い、別れながら、少年はついに傘の持ち主を見つけ出して、家に帰る。

帰り道の途中、駅のホームでふと空を見上げると、そこには水彩絵の具を薄めたような、淡い水色が広がっていた。

最後まで読み終わって本を閉じた神沢さんには、表紙のイラストが、ただの天気雨ではなく、雨がやんで青空が広がっていくところに見えたらしい。

「おかしなものですね」

神沢さんは苦笑いを浮かべていった。

「気の持ちようが変わるだけで、まわりの見え方があんなに変わるとは思いませんでした。霧が晴れたみたいというか……」

次の日、いつものように学校にいった神沢さんは、自分の変化におどろいた。それまで怖くて仕方がなかった同級生のことが、それほど怖く感じなくなっていたのだ。

その日、ニヤニヤしながら蹴ったり突き飛ばしたりしてくる同級生たちに、神沢さんは初めて抵抗した。

もちろん、一日や二日ですべてがガラッと変わったわけではない。だけど、神沢さんの態度の変化に、まわりの雰囲気も次第に変わっていき、気が付くと、いじめられることはほとんどなくなっていた。

「たぶん、あのとき強引にでも本を貸してもらってなかったら、そのあとの学校生活は全然違ってたと思います」

神沢さんはそういって、少しうるんだ目で微笑んだ。

「その本はどうされたんですか？」

美弥子さんの問いに、神沢さんは頭をかいた。

「自分のお小遣いで同じ本を買い直してから、借りた本の方は休館日に返却ポストに入れて返しました。本当は、直接返してお礼をいうべきだったんですけど、やっぱり子どもだったので恥ずかしくて……」

その後、六年生にあがるときに、親の仕事の都合で遠くの県に引っ越したため、いままでずっと機会がなかったんだけど、就職が決まり、卒業前に一人旅をするにあたって、どうしてもお礼がいいたくなって、わざわざやってきたのだそうだ。

「だったら、はじめからそういってくれればよかったのに……」

天野さんが少し呆れたようにいうと、

「すみません。どう説明すればいいのか分からなくて……それに、もし会えたとしても、なにしろ昔のことなので、覚えてなかったらどうしようと思うと、なかなか言い出せなかったんです」

神沢さんはそういって頭を下げた。

とりあえず、個人情報のこともあるので、あらためて連絡することにして、今日はいったん帰ってもらうことになった。

神沢さんは、昨日から駅前のビジネスホテルに泊まっていて、あと二、三日は、雲峰市を中心に観光して回る予定らしい。

何度も頭を下げながら帰っていく神沢さんを、図書館の前で見送りながら、

「本って、やっぱりすごいね」

わたしはとなりに立っている美弥子さんにいった。

「一冊の本がきっかけで、いじめと戦えるようになることもあるんだね」

「そうね」

美弥子さんはうなずいて、それからクスリと笑った。

「図書館って、人によっては、ゲームに出てくる武器屋さんみたいなものなのかもね」

「武器屋さん？」

「ええ。ここで剣や鎧(よろい)を買って、装備を固めて、また世界と戦うために旅立っていくの」

わたしは美弥子さんの言葉を、胸の奥で繰り返した。

神沢さんは、図書館で一冊の本と出会ったことで、世界に立ち向かう剣と鎧を手に入れたのだ。

本で出来た鎧を想像して、ちょっと笑い出しそうになりながら、

「伊東さん、見つかるといいね」

わたしが声をかけると、美弥子さんは「そうね」といいながら、表情をくもらせた。

「どうしたの？」

「うん……」

美弥子さんは、ロビーに入ったところで足を止めると、ほおに手を当てて、かすかに首をかたむけた。

「ちょっと、気になることがあって……」


その日の夜。

わたしとお母さんが寄せ鍋の準備をしていると、仕事を終えた美弥子さんが、ケーキの

箱を手にしてやってきた。

図書館の近くで一人暮らしをしている美弥子さんは、たまにこうして、うちに晩ご飯を食べにくるのだ。

雑炊を食べ終えて、デザートの準備ができると、わたしは美弥子さんに、昼間の話を切り出した。

「それで、伊東さんは見つかったの？」

お母さんには、美弥子さんが来る前に、簡単に事情を話してある。

「それが……見つからなかったの」

美弥子さんは紅茶のカップを両手で包みながら、眉を寄せた。

念のため、過去十五年くらいの職員の記録をたどってみたけど、正規職員だけではなく、一年契約の臨時職員の中にも、伊東という女性はいなかったらしい。

「叔母(おば)さんは、記憶にありませんか？」

美弥子さんに聞かれて、お母さんは首を振った。

「十一年くらい前よね？　ちょうどしおりが生まれるころで仕事を休んでたから、図書館にもよくいってたと思うんだけど……」

ちなみに美弥子さんが聞いて回ったところ、十年以上前から図書館に勤めている人は、いまの職員さんの中にはいなかったらしい。

「それに、ちょっと気になってたんだけど……」

お母さんは、美弥子さんの買ってきたガトーショコラをフォークの先で突きながらいった。

「その人、自分の名前で本を借りて、その男の子に貸したっていってたのよね？」

「そうなんです」

美弥子さんは紅茶を一口飲んで、小さくため息をついた。

「わたしも、それが気になっていて……」

「又貸しになるから？」

わたしは横から口をはさんだ。

「でも、それは神沢さんがすごく辛そうだったから……」

「それはそうなんだけどね」

美弥子さんはわたしを見つめると、静かな口調でいった。

「いくら事情があっても、司書が自分の名前で本を借りて、それをお客さんに渡すっていうのは、ちょっと考えられないの」

美弥子さんによると、それは司書にとってタブーのようなもので、しないというより本能的にできないのだそうだ。

「もしかして、短期のアルバイトなんじゃない？」

お母さんがパッと顔をあげていった。

「蔵書点検のときに、二週間くらいのアルバイトを雇ったりするでしょ？　そういう子なら、司書資格はいらないから、タブーも気にならないかも」

　だけど、美弥子さんは首を横に振った。

「それも調べてみたんですけど、記録を見る限り、伊東さんという人はいなかったんです。それに、蔵書点検の場合、臨時休館中の作業になるので……」

　お客さんと接することはないんですよね、という美弥子さんの言葉に、お母さんは肩をすくめ、ケーキを口にほうりこんだ。

「実は親切なお客さんで、偶然よく似た服装をしてただけってことはないのかな？」

　わたしはテーブルの上に身を乗り出すようにして、二人の顔を見た。

「よく似た服装？」

　お母さんが首をかしげる。

「たとえば、モスグリーンのジャンパースカートを着てたとか……」

　胸元まであるようなジャンパースカートなら、小学生の男の子だったら、エプロンと見間違えることもあるかもしれない。だけど、

「それもちょっと考えにくいのよね」

　美弥子さんは申し訳なさそうにいった。

「実は、夕方に電話をして、相手の方の特徴をもう一度確認したときに、『どうして相手の名前が漢字まで分かったんですか？』って聞いてみたの。そうしたら、『胸に名札がついてたんです』って……」

それを聞いて、わたしは肩を落とした。

胸に名札がついていたなら、お客さんということはないだろう。

推理が行き詰まったので、しばらくはケーキを食べることに専念する。

お皿が空になると、わたしは顔をあげて、二人の顔に視線を往復させながらいった。

「わたし、もうひとつ不思議なことがあるんだけど……」

「なあに？」

カップを片手に、美弥子さんが首をかしげる。

「その伊東さんっていう人、神沢さんが辛そうにしてること、どうして分かったのかな？」

話を聞く限り、二人は初対面のようだし、神沢さんがなにか打ち明け話をしたわけでもない。

それなのに、どうして伊東さんは、神沢さんの求めていた本を渡すことができたのだろうか。

「そうね……」

美弥子さんは首をかしげたまま、カップを受け皿に戻すと、

「小学生ぐらいの男の子が、平日の昼間に身をひそめるようにして本を読んでたら、わたしもなにか嫌なことがあって学校をさぼったんだろうなって思うでしょうね」

そういって笑った。

「ただ、そこから先は、お話を聞いてみないと分からないけど……」

「子どもは隠してるつもりでいても、意外と大人には、ばれてるものなのよ」

お母さんが両腕を組んで、わたしに顔を近づけながらいった。

「しおり、『なんでもないよ』っていう絵本、覚えてない？」

「あ、もしかして、ヒロちゃんの話？」

『なんでもないよ』は、ヒロちゃんという女の子が主人公で、いたずらをしたり、失敗をしては、

「なんでもないよ」

というんだけど、それをお母さんが全部見破ってしまうというお話だった。

ラストはたしか、大好きなおばあちゃんが亡くなって、でもきっとお母さんの方が悲しいだろうと思ったヒロちゃんが、涙をこらえながら、

「なんでもないよ」

というんだけど、

「いいのよ」

とお母さんにいわれて、大声で泣き出すという終わり方だったはずだ。

「でも、あれはお母さんだからでしょ？」

わたしが反論すると、お母さんはあっさり、

「まあね」

とうなずいた。

「だから、初対面でも相手の求めている本を見抜けるのは、よほど人間観察が得意な人か……」

お母さんはそこでいったん言葉を切ると、カップの中に視線を落としていった。

「同じ思いをしたことのある人じゃないかしら」

一月ももうすぐ終わろうとしているけど、雲峰商店街の店先からは、お正月を思わせる紅白の餅花しだれが、ズラリと垂れ下がっていた。

なんとなく浮き立つような気持ちでその下を歩きながら、わたしが安川くんに昨日の話をすると、

「それじゃあ、その伊東さんっていう人は、まだ見つかってないんだな」

安川くんはちょっと考え込むような表情で腕を組んだ。

月曜日の放課後。

わたしは安川くんと待ち合わせて、商店街の中にある「大正書店」へと向かっていた。

地上三階地下一階の、歩いていける範囲では一番大きな本屋さんで、美弥子さんやお母さんも愛用している。

今日は安川くんが買いたい本があるというので、学校が終わってからいっしょにいくこ

とにしたのだ。

お団子屋さんが、お店の前でみたらし団子を売っている。帰りに買って帰ろうかな、と思いながら、

「なにか思いつくことある？」

と聞いてみた。

「うーん……」

安川くんは口をとがらせて、ちょっと空を見上げるような仕草を見せると、

「嫌な想像なら、できなくもないけど」

といった。

「嫌な想像？」

「うん」

安川くんはちょっと顔をしかめていった。

「誰かが司書のふりをしてたとか」

神沢さんが伊東さんを図書館の人だと思ったのは、ほかの人と同じモスグリーンのエプロンを着て、名札をつけていたからだ。

逆にいえば、そういう格好をしていれば、誰でも図書館の職員になりすますことができる。

「茅野みたいに、しょっちゅう図書館にいってたら、見覚えのない人だって気づくかもし

れないけど、その人は初めてだったんだろ？　だったら、図書館の人じゃなくても、見分けがつかないんじゃないか？」

たしかに、わたしでも同じエプロンをつけた人が話しかけてきたら、新しい職員さんかな、と思うだろう。

「でも、伊東さんは神沢さんの代わりに本を借りてるんだよ」

さすがに貸出カウンターにいけば、偽物の司書さんだとばれるはずだ。

「そのときだけエプロンを脱げばいいじゃん」

安川くんはあっさりといった。

「名札はエプロンについてるんだから」

「あ、そっか」

エプロンなら脱ぐのも着るのも一瞬だ。

「だけど……」

わたしは、最大の疑問を口にした。

「伊東さんは、どうしてそんなことをしたの？」

「さあ……」

安川くんは肩をすくめた。

「そこまでは分からないけど……」

エプロンをつけて職員になりすましても、図書館の人はだませない。

つまり、伊東さんの目的は、利用者をだますことだった、ということになる。

だけど、図書館の職員のふりをするメリットって、いったいなんだろう。

「詐欺(さぎ)っていうのも考えにくいしな……」

安川くんは首をひねった。

これが銀行だったら、銀行員のふりをしてあずかったお金を持ち逃げする、なんてこともあるかもしれない。だけど、図書館の職員なのだ。

それに、なにかたくらんでいたのなら、わざわざ神沢さんに声をかけたことの説明がつかない。

推理が行き詰まったところで、ちょうど大正書店に到着したので、わたしたちはそれぞれ目的のフロアに向かった。

安川くんは参考書のある二階、わたしは一般文芸の一階だ。

著者の名前順に並んでいる文庫の棚で、背表紙をたどっていくと、目的の本はすぐに見つかった。

『明日は晴れるかな』

神沢さんが読んだ単行本は、三年前に文庫化されていたのだ。

さっそく手にとって表紙を見る。

そのほとんどが空の絵で、上空の淡い水色から、地面に近づくにつれて少しずつ白くなっていく。

そして一番下には、土手のような道の上で、少年が白い傘を持って歩いている姿が描かれていた。

わたしがその表紙を、吸い込まれるような気持ちで見つめていると、

「それが例の本?」

二階からおりてきた安川くんが、参考書を手に声をかけてきた。

「うん。別に家出したいわけじゃないけど、読んでみようかなと思って」

わたしはそういって、安川くんの手元に目をやった。

「安川くんも、探してた本は見つかった?」

「ああ、まあな」

安川くんは眉をよせてうなずいた。

算数が苦手な安川くんは、塾の友だちにすすめられた参考書を買いにきたのだ。

「それにしても、よくピンポイントで、その人の必要な本が分かったよな」

安川くんは表紙の絵を見つめながら、感心した様子でいった。

その台詞を聞いて、わたしは去年のことを思い出した。

「安川くんも、わたしが読みたかった絵本を、ピンポイントで見つけてくれたじゃない」

「あれはたまたま……」

安川くんは照れたように顔をそらした。

去年の十二月、風邪で寝込んでいたわたしに、お見舞いにきた安川くんが、ちょうどわ

たしが読みたいと思っていた絵本を持ってきてくれたことがあったのだ。

「それに、茅野とはいつも本の話をしてるだろ？　だから、なんとなく分かったんだよ」

たしかに、わたしも図書館で本棚を眺めながら、

「これはお母さんが好きそうだな」

とか、

「この本、今度安川くんに教えてあげよう」

と思うことがある。

伊東さんが本物の司書さんなのかどうかは分からないけど、もしわたしが将来、図書館で働くことができたら、お客さんが求めているものを見抜けるような司書さんになりたいな、と思った。


わたしは『明日は晴れるかな』を、安川くんは算数の参考書を手にレジに向かって、それぞれの会計をすませると、わたしたちはお店をあとにした。

安川くんが通っている進学塾の話を聞きながら、商店街を戻る。

中学校の入学試験は、だいたい一月終わりから二月におこなわれるので、塾もそれに合わせて、二月から新六年生の授業が開始されるらしい。

「どこを受験するかは、もう決めてるの？」

わたしが聞くと、安川くんは首をひねって、「うーん」とうなった。

「候補はいくつかあるんだけど、まだ決めてないんだよな……」

安川くんによると、中学受験も学校ごとに問題の傾向とかがあるので、夏ごろまでには、どの学校を受けるか決めないといけないのだそうだ。

「そうなんだ」

私立の中学校はどこも中高一貫で、入学したら、ほとんどの子はそのまま高校に進学する。

いまからそんな先のことまで考えないといけないなんて大変だな、と思いながら歩いていると、ちょうどお団子屋さんの前にさしかかったので、

「ごめん。ちょっと寄ってもいい？」

わたしは安川くんに断って、店先のワゴンをのぞきこんだ。

みたらし団子がおいしそうだけど、三色団子も捨てがたい。わらび餅やいちご大福まで並んでいて、どれにしようかと迷っていると、

「しおりちゃん」

すぐそばから名前を呼ばれた。

わたしが顔をあげると、トートバッグを肩にかけた美弥子さんが立っていた。

「二人でお買い物？」

わたしと、少し離れて立っている安川くんを交互に見ながら、美弥子さんは小さく首を

かたむけた。

「うん」

わたしは大正書店にいってきたことを話すと、ふたたびワゴンに目を向けた。

「お母さんに買って帰ろうと思うんだけど、美弥子さんはどれがいいと思う？」

「そうねえ……」

美弥子さんは、しばらくお団子と大福を見比べていたけど、

「せっかくだから、味見をしてみない？」

にっこり笑って、わたしたちの顔を見た。

最近、お団子屋さんの中にちょっとしたイートインスペースが出来て、お店で買ったお団子や和菓子をその場で食べられるようになったらしい。

安川くんは遠慮してたんだけど、わたしがさっきの「なりすまし説」のことを口にすると、

「お団子をごちそうするから、ぜひ詳しく聞かせてもらえるかな？」

そういって、美弥子さんが強引に誘った。

お団子や大福を買って、隅の小さなテーブルを囲むと、わたしはさっそく安川くんの、誰かがエプロンを着て司書さんのふりをしていたんじゃないか、という推理を美弥子さんに話した。

話を聞き終えた美弥子さんは、みたらし団子をほおばりながら、しばらく無言で考えて

いたけど、やがて控えめに首をかしげた。

「でも、さすがにばれるんじゃないかしら。あのエプロンって、けっこう目立つし……。それに、昨日の話だと、その謎の司書さん、かなり長い間、図書館にいたみたいだったから」

「そっかあ。いい推理だと思ったんだけどな」

わたしは三色団子を口にほうりこみながら、肩を落とした。

「この前、うちで話したときに、美弥子さんが『司書が又貸しするとは思えない』っていってたでしょ？　だから、偽物の司書だったら又貸しするんじゃないかと思って……」

「まあ、偶然ばれなかっただけかもしれないけど……ごめんね。せっかく考えてくれたのに」

美弥子さんが安川くんに顔を向けると、安川くんは笑って首を横に振った。

「大丈夫です。それに、ぼくもなりすまし説はちょっと無理があると思うし……」

「そうなの？」

「はい。動機が分からないこともそうなんですけど、それよりも、男の子に声をかけた理由が分からなくて……」

こっそりと司書さんのふりをするなら、あまり目立ちたくないはずだ。それなら、わざわざ利用者に声をかける必要はない、というわけだ。

たしかに、神沢さんが雲峰市民じゃなかったのは偶然で、もし図書館の常連だったりしたら、偽物だとばれていたかもしれないのだ。それなのに、あえて声をかけたのは、神沢さんの様子がよっぽど心配だったのか、それとも――。

「あっ！」

「おっとっと……」

わたしのあげた声に、美弥子さんがようじで刺したわらび餅を落としそうになった。

「どうしたの、しおりちゃん」

「もしかしたら、それが目的だったのかも」

「え？　どういうこと？」

美弥子さんの問いかけに、わたしは考えをまとめながら口を開いた。

「安川くんのいう通り、偽物の司書さんだとしたら、わざわざ目立つような行動をとるのはおかしいと思うんです。だけど、もともと司書さんのふりをしたのも、それが目的だとしたら……」

「ああ、なるほど」

美弥子さんはすぐにピンときたみたいだけど、

「どういうことだよ」

安川くんはまだ分かってない様子で、眉を寄せている。

「しおりちゃんがいってるのは、図書館司書として働いている姿を、誰かに見せるためだった、っていうことでしょ？」

し出した。

美弥子さんの言葉に、わたしは大きくうなずいて、頭に浮かんだ架空のストーリーを話し出した。

「たとえば、なにか事情があって仕事を辞めた女の人が、心配する家族を安心させるために、『いま、図書館で働いてる』って嘘をついたとするでしょ？

ある日、仕事をしている様子を、家族が見にくると知った女の人は、司書さんと同じ色のエプロンを買ってきて、名札をつくると、家族の目の前で、小学生の男の子に話しかけたの。

そして、家族がいなくなると、すぐにエプロンを脱いだんだけど、また戻ってきたから、素早くエプロンを着て、さっきの男の子にふたたび話しかけた――つまり、わざわざ男の子に話しかけたのは、司書として働いているところをほかの人に見せるためで、長い時間いてもばれなかったのは、男の子に話しかけるとき以外は、エプロンを脱いでいたからなのよ」

話し終わって、わたしは胸を張った。

少なくとも、これで一応の説明はできるはずだと思ったんだけど、

「でも、もし本当にそれが真相だとしたら……」

安川くんは浮かない表情で腕を組んだ。

「そうね……」

美弥子さんもほおに手を当てて、困った顔をしている。

「二人とも、どうしたの？」

今度はわたしが二人に問いかける番だった。

口を開いたのは美弥子さんだ。

「たしかにそれで説明はつくんだけど、もしそれが本当だったら、伊東さんは十一年前にもう目的を達成してるから、どこの誰だったか調べようがないことになるのよ」

美弥子さんはそういって、苦笑いのような表情を浮かべた。

いわれてみれば、その通りだ。

もともとは神沢さんが伊東さんに、もう一度会ってお礼をいいたい、というのが目的だったのだから、これが真相だとしたら、名前以外にまったく手掛かりがないことになってしまう。

会話が止まったので、わたしはわらび餅に手を伸ばしながら、『明日は晴れるかな』を買ってきたことを美弥子さんに報告した。

「そっか。文庫になってたんだね」

美弥子さんはわたしから受け取った文庫本の表紙を見て、目を細めた。

「茅野はいいよな。おれなんか、これだもんな」

安川くんが自嘲（じちょう）気味に笑いながら、大正書店の袋から、買ってきたばかりの参考書を取り出した。

帯がハチマキのイラストになっていて、白地に赤い文字で『絶対合格！』と書いてある。

「受験生は大変だね」

美弥子さんは、安川くんに笑いかけた。

「もう、どこを受験するか決まってるの？」

「それが、まだ決まってないんです。将来やりたいこととかも、よく分からないし……」

ため息をついて、口をとがらせる安川くんに、

「ねえ、お正月に借りた福袋の本はどうだったの？」

わたしは声をかけた。

安川くんは一瞬意表をつかれたように目を丸くしたけど、すぐに【将来】がテーマの福袋に入っていた三冊の本について教えてくれた。

『九十九回目の明日を、君と』は、時間を一日だけ巻き戻す能力を持った男性が主人公のタイムリープもので、恋人を交通事故から守るために、同じ日を何回も繰り返すんだけど、そのたびに状況が少しずつ変わって、新たな問題が起きる。主人公はそれを、運命に逆らおうとしている自分に、神様が怒ってるんだと思うんだけど……。

最終的に恋人がどうなるのかは、もちろん聞かなかったけど、安川くんは予想外のラストにびっくりしたらしい。

『ラスト・シーン』は進路に悩む高校生の話。

『百億光年の迷い家』は、宇宙を旅する宇宙民俗学者が主人公のＳＦで、主人公は銀河系の辺境にあると言い伝えられている〈迷い家〉と呼ばれる星を探している。その星は、道

に迷った旅人にしか見つけることができなくて、訪れた旅人は、二度と帰れないとも、宝物を手に入れて帰ることができるともいわれていた。

調査の結果、主人公はついに〈迷い家〉を発見するんだけど、その正体は思いがけないものだった――という話を、安川くんはなんだか映画の予告編みたいな口調で紹介してくれた。

あらすじを聞いて、どれも面白そうだな、と思ったんだけど、わたしにはひとつの疑問が浮かんだ。

なんとなく、「受験」とか「就職」とか、将来の進路に直接関係するような話を想像してたんだけど、話を聞いてみると、あんまり【将来】という感じがしなかったのだ。

わたしの表情を見て、なにを考えているのか分かったのだろう、安川くんも苦笑しながら、

「どれも面白かったんだけど、なんか、【将来】って感じがしないだろ？」

といった。

「美弥子さんは、読んだことある？」

わたしの質問に、美弥子さんはうなずいて、

「一応どの話にも、自分の将来は自分でつかみとる、みたいな共通点はあると思うけど……別に、無理して教訓を見つけることはないわよ。選んだ人も、キーワードを口実にして好きな本を紹介してるだけだから」

そういうと、クスクスと笑い出した。

「美弥子さん、この本を誰が選んだのか知ってるの？」

「まあね」

美弥子さんによると、この本を選んだのは天野さんで、実は作品の内容以外にもうひとつ、【将来】に関する共通点があるというのだ。

「なんだか分かる？」

わたしと安川くんは、顔を見合わせて、同時に首を横に振った。

美弥子さんは、小さく首をすくめて、

「三冊とも、作者が転職してるの」

といった。

小説家の場合、ほかの仕事をまったく経験せずに、大学を卒業してそのままプロの作家になるという人はめずらしい。そういう意味では多くの人が「小説家に転職」しているわけなんだけど、この三冊の作者に共通しているのは、小説家になる前に、すでに転職した経験があるということだった。

『九十九回目の明日を、君と』の作者は、もともと市役所の職員で、会計士の試験に合格して会計事務所に転職するんだけど、激務で退職。その療養中にはじめたヨガにはまり、インストラクターをしながら小説を書いて、この作品でデビューしたらしい。

『ラスト・シーン』の作者は実家のお寺を継ぐのが嫌で、家を飛び出して旅行会社に就職。

ツアーコンダクターとして世界を飛び回っていたんだけど、住職である父親が倒れたのをきっかけに実家に戻り、修行してお寺を継いで、いまではお寺にバンドを呼んでライブをやったり、お寺カフェを開いたりと、いろんなアイデアで、お寺に人を集めている。

『百億光年の迷い家』の作者は、大学を卒業してすぐに、アプリを開発する会社を立ち上げるんだけど、会社が急成長したとたん、信頼していた部下に裏切られて会社を乗っ取られ、身一つで山奥にひきこもる。そこでほとんど自給自足のような生活を続けながら、ひたすら本を読んでいるうちに、自分でも小説を書いてみようと思い立った。

三人に共通しているのは、小説家としてデビューする前に、大きな転職や生活の変化を経験しているということだった。

「天野さんとしては、作品だけじゃなく、その作者の生き方からも何か伝わらないかな、と思って選んだらしいんだけど……そんなこと、いわれないと分からないわよね」

長い説明を終えて、美弥子さんはまたクスクスと笑った。

それにしても、三作品の作者が、そんなにいろんな経験をしていたとは思わなかった。

しかも、体を壊して退職したり、実家のお父さんが倒れたり、会社を乗っ取られたりと、みんなけっこう波乱万丈だ。

「仕事って、大変なんだね」

わたしは大きく息を吐き出した。

「まあ、実際にやってみないと、分からないことも多いから」

美弥子さんはそういって微笑んだ。

「それに、仕事を続けていくうちに、環境とか考え方が変わっていったり……」

美弥子さんが不意に口を閉じたので、視線の先を見ると、安川くんがなんだか難しい顔で考え込んでいる。

「安川くん、どうしたの？」

わたしがちょっと心配になって顔をのぞきこむと、

「あ、いや、ちょっと思いついたことがあって……」

安川くんは何度も瞬きをしてから、美弥子さんに向かって、口を開いた。

「もしかして、その女の人……」

その日の夜。

わたしがお母さんと、お土産に買って帰ったきなこ団子を食べていると、美弥子さんから電話がかかってきた。

わたしが出ると、

「伊東さんが見つかったの」

美弥子さんの弾んだ声が耳にとびこんできた。

「え？　ほんと？」

「ええ。安川くんのいった通りに調べてみたら……」

今日は月曜日で、図書館はお休みだけど、職員さんのうち何人かは普段通り出勤して、本の整理や事務仕事をしている。

お団子屋さんで別れたあと、美弥子さんは図書館にいって、調べてくれたらしい。

「それで、明日、伊東さんに図書館まで来ていただくんだけど――」

事情を話したら、わたしと安川くんにも会ってみたい、といってくれたのだそうだ。

「だから、もしよかったら……」

「いく！」

わたしは美弥子さんがいい終わらないうちに元気よく返事をした。

次の日、学校が終わると、わたしはまっすぐ図書館に向かった。

安川くんは、今日は塾で大事なテストがあって、どうしても来られないらしく、

「おれの分まで、ちゃんと話を聞いておいてくれよな」

といわれていた。

図書館に着いて、美弥子さんと二人、三階の談話室で待っていると、しばらくして神沢さんが緊張した表情でやってきた。

「伊東さんが見つかったって聞いたんですけど……」

「そうなんです」

美弥子さんは、机を移動させて椅子を円形に並べると、そのうちのひとつを神沢さんに

すすめた。

そして、不思議そうにわたしを見る神沢さんに、

「実は、彼女とそのお友だちにも協力してもらったんです」

自分も腰をおろしながら説明した。

「はあ……」

「ところで」

美弥子さんは、神沢さんの顔をのぞきこむようにしていった。

「神沢さんは、当時、伊東さんを見て、何歳くらいだと思いましたか？」

「え？」

神沢さんは意表を突かれた様子で口ごもった。

「えっと……若く見えたので、大学を出たばかりくらいだと……」

「それが……」

美弥子さんがなにかいいかけたとき、ノックの音がした。

美弥子さんが口を閉ざして、神沢さんが腰を浮かせる。

ドアが開いて、女の人が入ってきた。茶色がかった髪をおろして、ふちなしの眼鏡をかけている。

グレーのジャケットに、同じグレーのスカートを合わせたその女性は、わたしたちの前で足を止めて微笑んだ。

「お待たせしました」

神沢さんが、ガタッと音をたてて立ち上がる。

美弥子さんが女の人のとなりに立って、あらためて神沢さんにいった。

「ご紹介します。こちら、伊東さんです」

「え？　でも……」

神沢さんは混乱した表情で、美弥子さんを見た。

十一年前に大学を卒業したばかりなら、いまは三十代前半のはずだ。それなのに、目の前にいる女性が、今年二十二歳の神沢さんとあまり変わらない年齢に見えることに戸惑っているのだろう。

「実は、伊東さんは司書じゃなかったんです」

「え？」

神沢さんは目を見開いて、それから美弥子さんの胸元を指さした。

「でも、たしかにそれと同じエプロンをつけてたし、名札も……」

「その話を聞いて、わたしもてっきり職員だとばかり思っていたんですけど……」

美弥子さんは苦笑いして、

「伊東さんは、職場体験にきていた中学生だったんです」

といった。

神沢さんが、ぽかんと口を開けて伊東さんを見つめる。

職場体験にきた学生ではないか——というのが、安川くんがお団子屋さんで口にした推理だった。

美弥子さんの、仕事は実際にやってみないと分からないことも多いから、という台詞から連想したらしい。

安川くんは、大学生の教育実習みたいなものを想定していて、実際に司書を目指す大学生が図書館に実習にくることもあるんだけど、その中に伊東さんという人はいなかった。

そこで、美弥子さんがもしやと思って調べたところ、十一年前の中学生の職場体験の記録に、伊東という名前を見つけたのだった。

小学生にとって、中学生というのはずいぶん大人に感じるものだ。伊東さんが背も高くて、大人っぽい雰囲気だったことや、制服がエプロンで隠れていたこともあって、当時の神沢さんは司書さんだと思い込んでしまったのだろう。

いつのまにか、わたし以外みんな立ち上がっていたので、とりあえず座り直すと、

「——わたし、小さいころから本が好きで、大きくなったら図書館で働きたいと、ずっと思ってたんです」

伊東さんはそんな風に話しはじめた。

雲峰市立図書館では、何年かに一度、雲峰中学校からの職場体験の受け入れをおこなっている。

当時、中学二年生だった伊東さんは、五月の第三週から四週にかけて、合計三日間の職

場体験に参加した。

「職場体験って、どんなことをするんですか？」

興味があって、わたしがたずねると、

「わたしのときは、返却された本を棚に戻したり、購入した本にビニールをかけたり……簡単な貸出業務や、赤ちゃんへの読み聞かせなんかもしてたかな」

伊東さんは懐かしそうに答えてくれた。

そんな伊東さんが、神沢さんに気づいたのは、体験最終日のことだった。

「ちょっと時間が余ったから、自由に館内を回ってきていいよっていわれたんです」

すると、小柄な男の子が、すみっこの椅子で『おかしな車図鑑』を泣きながら読んでいる姿が目に入った。

「ぼく、泣いてましたか？」

そこで初めて、神沢さんが伊東さんに話しかけた。伊東さんは目を糸のように細くして、

「わたしには、泣いてるように見えたのよ」

と答えた。

「時間も平日の昼間だし、様子もおかしいし、これはたぶん、学校から逃げ出してきたんだな、と思ったの。だって……」

伊東さんは、一瞬いいよどむと、神沢さんの目を見ながらはっきりといった。

「少し前の自分と同じだったから」

その言葉に、神沢さんはハッとした様子で息を呑んだ。そんな神沢さんに対して、伊東さんは優しく語りかけるように続けた。

「わたしも、小学校のときに学校でいろいろあったの。わたしの場合は、中学校に入学したことで、うまく切り替えられたんだけど……」

伊東さんが『明日は晴れるかな』を読んだのは小学六年生のとき、すすめてくれたのは、当時通っていた塾の友だちだった。

そのころの伊東さんにとって、塾は逃げ場所だった。

同じ小学校の子がいない塾にいる間だけは、学校で感じる息苦しさはなかった。

伊東さんは、学校とは別の場所で胸いっぱいに息継ぎをすることで、小学生時代を乗り切ったのだ。

「だから、わたしと同じ顔をした男の子に、どうしてもあの本をすすめたくて」

さいわい、男の子は興味を持って読んでくれた。

ところが、カードを持ってないといわれて、伊東さんは困ってしまった。

もちろん、伊東さんも又貸しがよくないことは分かっていたし、地元の図書館をすすめることも考えた。

「だけど、あのときはどうしても、すぐに続きを読んで欲しかったの」

伊東さんは、ルール違反とは知りながら、自分のカードで借りた本を神沢さんに渡した。

結果として、そのことが神沢さんの心を救ったのだ。

神沢さんは、しばらくじっと黙っていたけど、やがてぽつぽつと語り出した。

学校でいじめられていたこと……。

家にも居場所がなかったこと……。

あの日、なにもかも嫌になって家を出たはいいけど、いく当てもなく、たどりついたのがこの図書館だったこと……。

本を読んだおかげで、学校にいく勇気がわいたこと……。

「だから、ぼくがいまこうしていられるのは、あのときの本と、その本をすすめてくれた伊東さんのおかげなんです」

神沢さんは立ち上がると、深々と頭を下げた。

「本当にありがとうございました」

伊東さんは首を横に振ると、晴れ晴れとした表情で笑った。

「よかった。ずっと気がかりだったから」

自分のカードで借りていたので、しばらく経って、返却されたことは知っていたけど、あのときの男の子がどうなったのか、あれからずっと気になっていたのだそうだ。

神沢さんは、あのあとしばらくしてから引っ越したために、図書館に来る機会がなかったことを話すと、

「あの……伊東さんは、いまは……？」

ためらいがちにたずねた。

「わたしですか？　わたしは……」

伊東さんは少し照れたように、頭に手をやりながら答えた。

「いまは、雲峰中学校で先生をやってるんです」

「え？　そうなんですか？」

わたしは思わず声をあげた。

伊東さんが見つかったとは聞いていたけど、どこでなにをしているのかまでは聞いてなかったのだ。

美弥子さんによると、職場体験の記録の中に、伊東さんの名前を見つけたはいいんだけど、個人情報のこともあるので、本人に連絡をとるのは時間がかかるだろうな、と思っていた。

ところが、雲峰中学校に連絡して、簡単に事情を話したところ、すぐに伊東さん本人が電話に出てくれたのだそうだ。

だから、こんなにすぐに対面の機会をつくることができたのか、とわたしは納得した。

「中学生のときは、図書館の司書さんに憧れてたんですけど、高校生のときにある本と出合ってから、学校の先生を目指すようになったんです」

その本を実際に見てみようという話になって、談話室から一階におりたところで、わたしと美弥子さんは二人と別れた。

年齢も近いし、再会をきっかけに、仲良くなるかもしれないね、などと話しながら、児童書のコーナーへと向かう。

「そういえば、読み聞かせで使う本は決まったの？」

美弥子さんに聞かれて、わたしは首を振った。

「まだ。だけど、決められそうな気がする」

わたしはずっと、自分が上手に読める本を探していた。

話し方も、どうすれば上手に聞こえるかばかりを考えていた。

考えすぎて、聞く人の気持ちを考えることを忘れていたのだ。

島津さんは、子どもの目を見ながら話していた。

伊東さんも、神沢さんの様子を見て、読んで欲しい本を選んだ。

二人とも、司書さんじゃない。だけど、司書さんじゃなくても、本の案内人にはなれるのだ。

わたしはなにを読むか、どう読むかばかり考えていたけど、それよりも、話を聞いてくれる幼稚園児のことを、もっと知りたいと思った。

図書館は、わたしにとっては武器屋というより、いろんなことを教えてくれる学校みたいだな、と思いながら、

「今度、先生にお願いして、幼稚園を見学させてもらおうかな」

わたしがそういうと、美弥子さんはにっこり笑ってうなずいた。

第三話

本の中の宝物

自慢じゃないけど、わたしはスポーツがあんまり得意じゃない。ボールを投げるとあさっての方向に飛んでいくし、バドミントンをすると空振りばかりで、すぐにラリーが終わってしまう。

なにより、ルールが分からないこともあって、いままであまりスポーツを題材にした小説を読んだことがなかったんだけど、今日は珍しく、図書館でサッカーの小説を探していた。

五年くらい前に出た小説で、タイトルは『シュート！』。

すすめてくれたのは長峰くんだ。

放課後の教室で、京子ちゃんと、

「今年は、いつもはあんまり読まないような本を読んでみたいな」

という話をしていたら、おすすめの作品を紹介してくれたのだ。

『シュート！』はYA——ヤングアダルトのコーナーに並んでいた。四六判のソフトカバーで、表紙にはユニフォーム姿の男の子が、いままさにボールを蹴ろうとする瞬間が、大迫力で描かれている。

わたしは本を手にとると、窓際の椅子に腰をおろした。

外は息が真っ白になるくらい寒いけど、図書館の中は暖房が効いていて、すごくあったかい。北風に窓が揺れる音をＢＧＭにしながら、わたしはさっそく読みはじめた。

主人公は、お父さんがかつて将来を期待されていた伝説のサッカー選手で、自分もプロを目指している中学一年生の男の子。だけど、キック力が弱くて、小学校のクラブチームではずっと補欠だった。

しかも、入学した中学校では部員不足のために、サッカー部が廃部の危機にさらされていたのだ。

一ヶ月以内に、部員を十一人以上集めないと廃部になってしまうと聞いた主人公は、入学早々、部員の勧誘をはじめるんだけど、そんな学校だから、サッカーのうまい子はほとんどいなくて、未経験者に声をかけるしかなかった。

サッカーはやったことないけど足の速い子とか、背がすごく高い子、運動音痴だけど実はオンラインサッカーゲームの全国チャンピオン……主人公は、断られたり衝突したりしながらも、少しずつ仲間を集めていくんだけど……。

サッカーの小説というから、練習とか試合の場面ばかりなのかな、と思っていたけど、しばらく読み進めても、サッカーをするシーンはぜんぜん出てこなかった。

どうやら、シリーズで何冊も出ているみたいで、この巻だけでは試合の場面までいかないのかもしれない。だけど、わたしは読んでいくうちに、主人公たちが試合で活躍する姿を見たいと思うようになっていた。

物語にすっかりひきこまれて、次々とページをめくっていると、一枚の小さなメモ用紙が、ひらりと足元に舞い落ちた。

図書館の本を読んでいると、ページの間になにかがはさまっていることが少なくない。貸出レシートとかしおりが多いんだけど、映画の半券や外れの宝くじ、お菓子の包み紙、ときには病院の診察券なんかがはさまっていることもある。

腰をかがめて、なにげなく拾いあげたわたしは、その鉛筆で走り書きされた横書きの文面を見て、ハッとした。

〈なぐられつづけの日々
しにたい〉

（これって……）

わたしはさーっと血の気が引くのを感じた。

これではまるで、遺書ではないか。

そういえば、『シュート！』の中にも学校でいじめられている子が、自殺を考えながら駅のホームを歩く場面が出てくる。

わたしの前にこの本を読んだ人が、メモをはさんだのだろうか。

図書館では、本を返却した時点で、その本の貸出記録は消去されてしまうので、たとえ図書館の職員でも、誰が借りたのか、あとから調べることはできない。

だけど、カウンターで貸出手続きをしていれば、誰かの記憶には残っているかもしれない——そう思ったわたしは、小走りでカウンターに向かうと、ちょうど手の空いていた美弥子さんを手招きした。

「どうしたの？」

美弥子さんが、となりの職員さんに声をかけて、カウンターから出てきてくれる。

わたしは美弥子さんをフロアの隅に連れていくと、さっきのメモを見せた。

「これが、本の間にはさまってたの」

メモにさっと目を通して、美弥子さんの顔色が変わった。

「どの本にはさまってたの？」

「これなんだけど……」

わたしが『シュート！』を見せると、美弥子さんはしばらくの間、真剣な顔で本の表紙とメモを見比べていたけど、やがて、フッと笑みを浮かべた。

（え？　どうして？）

わたしが戸惑っていると、

「ちょっといっしょに来てくれる？」

美弥子さんはそういって、本を手に階段をのぼり出した。

わたしもあわててあとを追う。

美弥子さんはすたすたと本棚の間を歩くと、スポーツのコーナーで足を止めた。

野球やサッカー、相撲に、なぜか釣りの本まで並んでいる。

美弥子さんは、迷うことなく棚から二冊の本を抜き出すと、くるっとこちらを向いて、表紙をかかげた。

それを見て、わたしはここが図書館だということも忘れて、思わず「あっ」と叫んでしまった。

『殴られ続けの日々　～あるボクサーの862日～』

『死に体　～土壇場からの逆転人生～』

『殴られ続け――』は、顔面にパンチを受けているボクサーの写真が、『死に体』の方は、土俵から押し出されそうになっている力士の写真が表紙になっている。

どうやら、どちらもスポーツのノンフィクションのようだ。

「こっちのボクシングの方は、チャンピオンにはなれなかったけど、殴られてもなかなか倒れないことで有名だったボクサーの話」

美弥子さんが表紙を指さしながら説明する。

「それから、こっちのタイトルは『しにたい』って読んで、相撲の専門用語なの」

土俵の外に体の一部が先に触れた方が負け、というルールは、いくらスポーツにうといわたしでも知っている。

ただ、二人がもつれあうように倒れこんで、ほとんど同時に土俵の外に出た場合、片方が完全に押し出されて、重心を失っていることがあって、そんなとき、押し出された方の力士は「体が死んでいる」という意味で「死に体」というのだそうだ。

「でも……」

たしかにメモの言葉と同じだけど、偶然の可能性も……と思っていると、

「これを見て」

美弥子さんはそういって、三冊の本の表紙を並べて見せた。

そこでわたしは、ふたたび「あっ」と声をあげた。

二冊のノンフィクションは作者が同じで、よく見ると『シュート！』の方にも、原案として同じ人の名前がのっていたのだ。

原案というのは、自分で文章を書いたわけではないけど、元になるアイデアを考えた人のことだ。

あとから気づいたんだけど、『シュート！』には後書きがついていて、そこに原案の人が、普段はノンフィクションを書いているけど、ある中学校のサッカー部を取材したときに聞いた話を元にして、初めて物語をつくってみたのだと書いていた。

おそらく、『シュート！』を読んだ人がこの後書きを見て、原案の人が書いたノンフィクションのタイトルを調べたのだろう。そして、手元にあったメモ用紙にひらがなで書き

留めたのだ。

「もちろん、本当に死にたいと思った人が、このメモを書いてはさんだ可能性もゼロとはいえないけど……」

美弥子さんが気を遣うようにいってくれたけど、わたしは苦笑して首を振った。

さすがに、そこまでの偶然は考えられない。

とにかく、誰かが自殺を考えてるんじゃなくてよかった——わたしが胸をなでおろしていると、

「それで、この本はどうする？　借りていく？」

美弥子さんが、二冊の本をこちらに向けた。わたしはちょっと考えてから、首を横に振った。

「『シュート！』を読んでからにする。一度に三つのスポーツのルールなんて、覚えきれないもん」

わたしの言葉に、美弥子さんは笑って棚に本を戻した。

「わたしもびっくりしたことあるよ」

学校からの帰り道。同じクラスの麻紀ちゃんと並んで歩きながら、わたしがメモの話をすると、麻紀ちゃんがいたずらっぽく笑いながら話し出した。

「図書館で借りてきた本を読んでたら、お金がはさまってたの」

「え？　お金？」

わたしはびっくりして聞き直した。普通、しおりの代わりにお金ははさまないだろう。しかも、自分の本ではなく、図書館の本なのだ。

「それも、すっごい大金」

麻紀ちゃんは、いったん言葉を切ってから、顔を寄せて、ささやくように打ち明けた。

「なんと、百万円」

「……え？」

わたしが足を止めてきょとんとすると、麻紀ちゃんは笑って続けた。

「瑠衣のために借りてきた絵本に、くまさん銀行の百万円札がはさまってたの」

種明かしを聞いて、わたしも笑った。

瑠衣ちゃんというのは、麻紀ちゃんの妹で、いまは幼稚園の年長さんだ。

きっと、前に借りた子どもが、おままごとのお金をはさんだままにして返してしまったのだろう。

「わたしのお母さんは、反対にメモをはさんだまま返しちゃったことがあるみたい」

ふたたび歩き出しながら、わたしもそんな話を打ち明けた。

買い物のリストをはさんだまま、返却ポストに入れてしまったんだけど、そのときのメモの内容が、

「ロープ（じょうぶなもの）
大きめのカッターナイフ
ガムテープ
ゴミ袋（人が入れるくらい）」

だったので、メモがなくなったことよりも、誤解されないかと心配だったらしい。

たしかにメモだけ見れば、まるで刑事ドラマで死体を隠そうとしている犯人みたいだけど、実際には、ゴミ袋に色画用紙で作った手や羽を貼りつけて、幼稚園のお楽しみ会で使う着ぐるみを作るための買い物だったそうだ。

「返すときは、ちゃんと中身をチェックしないといけないね」

麻紀ちゃんの言葉に、自分はいままで大丈夫だったかな、と思いながら、わたしは「うん」とうなずいた。


家に帰ると、わたしはすぐに支度をして、図書館に向かった。

麻紀ちゃんと話していて、昔、美弥子さんに教えてもらった本のことを思い出したのだ。

タイトルは『さまようラブレター』。

図書館に通ううちに、いつもカウンターにいる司書さんのことが好きになった男の子が、ラブレターをはさんで本を返すんだけど、司書さんは気づかないまま、本は返却処理をされて、棚に戻されてしまう。

それから数年後。ある女の子が、図書館で借りた本の中から偶然そのラブレターを発見して、差出人を探そうとする……という話で、そのときはあんまり興味がなかったんだけど、本にはさんだラブレター、というのを思い出して、読んでみたくなったのだ。

図書館に到着すると、わたしはロビーを抜けて、検索機に向かった。

タイトルを検索して、どの棚にあるか調べようと思ったんだけど、残念ながら『さまようラブレター』は貸し出し中だった。

仕方がないので、今日は別の本を借りて帰ろうと奥に向かうと、なんだか児童書のコーナーがさわがしい。

のぞいてみると、十人くらいの男の子たちが、なにやら相談をしながら、真剣な顔で本のページをめくっていた。

中身を読んでいるというよりも、本の間になにかはさまっていないか、確認しているみたいだ。

その中に、同じクラスの矢鳴(やなり)くんの姿を見つけて、わたしは声をかけた。

「矢鳴くん」

矢鳴くんは、一瞬びくっとして顔をあげると、わたしを見て口をとがらせた。

「なんだ、茅野かよ」

「なにしてるの？」

わたしは児童書コーナーを見回した。よく見ると、ほかの子たちも、同じ陽山小学校の四年生とか五年生の男子ばかりだ。

矢嶋くんは手にしていた『船の歴史』というぶ厚い図鑑を棚に戻すと、わたしの腕を引っ張って、図書館の隅に連れていった。

そして、まわりを気にしながら、小声でいった。

「誰にもいわないって約束できるか？」

「なにを？」

「この図書館に、宝の地図が隠されてるらしいんだ」

「宝の地図？」

びっくりして、大きな声をあげるわたしに、矢嶋くんは「しいっ！」と鋭くいって、口に指を当てた。

彼の話によると、昨日、図書館の裏山で探検ごっこをして遊んでいたら、〈船長〉と名乗る男の人があらわれて、

「図書館の本に隠されている宝の地図を見つけてくれたら、分け前をやろう」

といわれたというのだ。

「〈船長〉？」

とつぜんあらわれた船長に、隠された宝の地図――まるで冒険物のオープニングのような展開に、わたしがポカンとしていると、

「金ボタンのついた青い上着を着て、白い帽子をかぶって、ひげがもじゃもじゃで、いかにも〈船長〉っていう雰囲気なんだ」

矢鳴くんは興奮した様子でそういった。

裏山を十五分ほどのぼったところに、わたしたちが展望台と呼んでいる、少し開けた場所がある。〈船長〉は、そこでベンチに座って、眼下にひろがる雲峰の町を眺めていたらしい。

「でも、服装だけじゃ、本物かどうかなんて分からないでしょ」

わたしが冷静にいうと、

「絶対本物だって」

矢鳴くんは熱心に主張した。

「証拠の写真も見せてもらったし」

「写真?」

その〈船長〉と名乗る男の人は、矢鳴くんたちに、航海の途中に世界中で撮ったという記念写真を見せてくれたらしい。

写真なんか合成でいくらでも……と思ったけど、わたしは口には出さなかった。それよりも、突っ込むところがあったからだ。

「だいたい、どうして宝の地図が図書館の本に隠されているのよ」

「おれもそう思って、〈船長〉に聞いたんだよ。そうしたら……」

いまから何百年も前には、日本にも実際に海賊（かいぞく）がいたらしい。

「そうなの？」

おどろいたというより、本当かな？　という思いでわたしが聞くと、

「〈船長〉に聞いて、おれも調べてみたんだけど、本当にいたみたいなんだ」

矢鳴くんは真剣な表情でいった。

まだ電車も車もない時代。ものを遠くまで大量に運ぶための輸送手段として、船は欠かせなかった。海賊は、その船を襲って、積み荷を奪っていたのだ。

ところがあるとき、その積み荷を小判に替えた海賊が、小判の詰まった千両箱を雲峰市のどこかに隠したまま、嵐に巻き込まれて全滅してしまった。

「その海賊の子孫が、雲峰市に住んでたんだけど、いまから二十五年前、その家に男が泥棒に入って、宝の隠し場所を描いた地図を、偶然盗んでいったんだ」

男は、それがどうやら宝の地図らしいと気づくと、昔の地形を調べるために、図書館にやってきた。

しかし、もともと指名手配されていた男は、警戒中の警察官に見つかって、図書館の中を逃げ回ったあげくに逮捕された。

そのとき、とっさに本の中に宝の地図を隠したのだ。

いままで多くの泥棒や強盗を働いてきた男は、二十年以上の刑期を終えて出所すると、図書館にやってきた。

ところが、長い年月のせいで、どの本に隠したのか自分でも分からなくなってしまった。

その後、自分の体が病(やまい)に侵されていることを知った男は、泥棒に入った子孫の家をたずねて、地図のことを正直に告白した。

地図の存在を知らなかった子孫は、話を聞いておどろいた。

本当はすぐにでも探しにいきたかったけど、もとはといえば先祖が海賊をして奪った宝なので、あまりおおっぴらにはしたくない。

そこで、ずっと外国で暮らしていた、遠い親戚の〈船長〉が頼まれたのだが、自分が動くと目立つので、君たちに手伝ってもらいたい――というのが、矢鳴くんがその〈船長〉から聞いた話だった。

長い話を聞き終えて、わたしは息を吐き出した。

どうして宝の地図をそんなところに隠すのかとか、結局矢鳴くんたちも目立ってるじゃないかとか、突っ込みどころはいろいろあるんだけど、わたしは基本的なところを指摘することにした。

「仮に、その話が全部本当だったとしても、それから二十五年も経ってるんでしょ？　本にはさんだ宝の地図なんて、とっくに誰かが見つけて、知らずに捨てられてるんじゃない？」

だけど、矢鳴くんはすぐに首を横に振った。

「たぶん、まだ見つかってないと思う」

その船長さんの話によると、男は捕まったらしばらく刑務所に入れられることが分かっていたので、見つかりにくそうな本の中にはさんだのだそうだ。

でも、宝の地図っていうくらいだから、そんなに小さくないだろうし、もうとっくに誰かが見つけてるか、図書館の職員さんが見つけて、なにかわからずに処分しちゃってるんじゃないかなあ——わたしはそう思ったけど、宝を信じて目をキラキラさせている矢鳴くんを見て、口をつぐんだ。

「茅野の従姉って、図書館で働いてるんだろ？　もしなにか分かったら、教えてくれよな」

そういって、みんなの元へと戻っていく矢鳴くんの後ろ姿を見送りながら、わたしがため息をついていると、

「どうしたの？」

ちょうど通りかかった美弥子さんが、声をかけてきた。

矢鳴くんは誰にもいうなといっていたけど、図書館に迷惑がかかるとなれば、話は別だ。

わたしが簡単に事情を話すと、

「なるほどね」

美弥子さんは苦笑いを浮かべて、腰に手を当てた。

「今日はずいぶんにぎやかだなと思ってたら、そういうことだったの」

「注意した方がいいかな？」

わたしがそういったとき、ひときわ大きな歓声が、児童書のコーナーから聞こえてきた。

「おっ！」

「これじゃねえか？」

「どれ？　見せて見せて」

その騒ぎに、まわりの人たちの注目が集まる。

さすがにわたしが注意しにいこうとしたとき、美弥子さんが足早に近づいて、矢嶋くんの耳元になにかささやいた。

すると、男の子たちは急に静かになって、まるで忍者のような足取りで、素早く図書館から出ていった。

その様子を見ていたわたしは、戻ってきた美弥子さんに聞いた。

「いま、なんていったの？」

これ以上騒いだら家や学校に連絡するぞとか、そういうことかな、と思ったんだけど、美弥子さんはフフッと笑うと、

「そんなに大きな声でしゃべってたら、みんなに秘密がばれちゃうわよ、っていったのよ」

と答えた。

「あ、そうか」

そういわれてしまえば、みんなも自主的に口を閉じるしかないわけだ。

たぶん、本の間から見つけたなにかの地図を手に、町へとくり出したのだろう。

でも、宝物が見つからなかったら、また戻ってくるだろうし、やっぱり迷惑じゃないのかな、と思っていると、

「ねえねえ……」

矢鳴くんたちの真似をして、棚の前でぱらぱらと本をめくっていた五歳くらいの女の子が、ちょこちょことやってきた。

女の子は美弥子さんの前に立つと、「はい」と、両手を差し出した。

その手には、押し花をアクリル板のような透明の板で挟んだ、いかにも手作りという感じの、素敵なしおりがのっていた。

「これ、どうしたの？」

わたしが横から声をかけると、

「本の中に落ちてたの」

女の子はちょっと変わった言い回しで答えた。

「きれいでしょ？　だから、失くした人が困ってると思うの」

「そうね」

美弥子さんは腰をかがめてにっこり笑うと、女の子からしおりを受け取った。

「きっと喜ぶわ。どうもありがとう」

スキップしながら棚の方へと戻っていく女の子の後ろ姿を見送ると、

「本の中の忘れ物が、こんな風にどんどん見つかるなら、もうしばらく大目に見てもいいかな」

美弥子さんはわたしを見て、おどけた仕草で肩をすくめた。

次の日の朝。

教室で矢鳴くんの姿を見かけて、わたしは声をかけた。

「宝物は見つかった？」

矢鳴くんは、ちょっとびっくりしたような顔を見せたけど、すぐに顔をしかめて、

「あれ、宝の地図じゃなかったんだ」

といった。

「なんの地図だったの？」

「ケーキ屋さん」

ぶすっとして答える矢鳴くんに、わたしは吹き出しそうになった。

手書きの地図をなんとか解読してたどりついたのは、駅の裏にある小さなカフェだったらしい。

店の名前を聞いて、わたしは「えっ」と声をあげた。

「そこ、ロールケーキですごく有名なお店だよ。テレビでも紹介されたことあるけど、見た目がカフェっぽくないから、お店を探してる人がよく迷ってるの」

ある意味、宝の地図かもしれない。

だけど、矢鳴くんはロールケーキにはあんまり魅力を感じていないみたいで、

「おれはケーキより海賊の宝がいい」

ふくれっ面でそういった。

「だから、宝の地図なんか、あるわけないんだってば。だいたい、図書館の本だって、ずっとあるとは限らないんだし」

「え？　そうなのか？」

矢鳴くんはおどろいたように目を丸くした。

「当たり前でしょ。毎年、新しく本を買ってるんだから」

自分でいいながら、わたしはちょっと悲しくなった。

情報が古くなったり、長い間借りられることのなかった本は、排架といって、図書館の棚からも書庫からも外されてしまうのだ。

一部の本は、秋の図書館祭りのときにリサイクル本として持ち帰ってもらうこともあるけど、残りの本は処分されることになる。

「だから、もし本当に地図が挟んであったとしても、もう本ごと処分されちゃってるか

も」

わたしの言葉に、矢鳴くんはショックを受けたみたいで、表情をくもらせてうつむいた。

悪いことといっちゃったかな、と思っていると、

「なんの話？」

安川くんがやってきて、わたしと矢鳴くんの顔を見た。

矢鳴くんが宝の地図の話をすると、

「まあ、二十五年も経ってるなら、残ってる可能性は低いだろうけど……」

安川くんはちょっと考えるようなそぶりを見せてから、矢鳴くんに「ヒントは？」と聞いた。

「ヒント？」

「その〈船長〉って人、本のタイトルとか種類とか、なんにもいわなかったのか？」

「ああ……たしか、その泥棒の話だと、一階の奥にある子ども向けの本のどれかに隠したはずだって……」

雲峰市立図書館では、一階の奥が児童書コーナーになっている。

あのエリアなら、本の入れ替わりはそんなに早くないから、二十五年前の本もまだ残ってるかもしれないけど……。

「え？　それだけ？」

安川くんが目を白黒させた。

「児童書だけでも、何千冊あると思ってるんだよ」

「おれも、それだけじゃきびしいと思って、ほかに手掛かりはないかって聞いたんだ」

矢嶋くんは、顔をしかめて続けた。

「そしたら、『宝は本の海の中にある』って……」

「『宝は本の海の中にある』？」

安川くんは、そのいかにも意味ありげなフレーズを口の中で繰り返すと、わたしの顔を見た。

だけど、わたしもあいまいに首をかしげることしかできなかった。

たしかにいまみたいな冬の夕暮れ時に、図書館で本を読んでいると、窓の外が深い藍色(あいいろ)に染まって、まるで海の底にいるような気分になることはある。

その船長さんも、そういう比喩的な意味で『本の海』といったのだろうか。それとも、なにかほかの意味が隠されているのだろうか……。

そんなことを考えているうちにチャイムが鳴ったので、自分の席に戻ろうとしていると、安川くんが「なあ、茅野」とわたしを呼びとめた。

「放課後、その〈船長〉に会いにいってみないか？」

二月に入って、陽は少し長くなったとはいえ、いったん家に帰ってから図書館に向かうと、裏山の展望台に着いたときには、夕陽があと少しで山の向こうに姿を消そうとしているところだった。

ひゅーひゅーと冷たい風が、笛のような音をたてる中、ベンチに座って夕陽を眺める大きな背中が見える。

頭には白い帽子ではなく、エスニックな柄の派手なバンダナを巻いていた。

「あの……」

わたしが声をかけると、人影はベンチ越しに振り返った。

口のまわりにひげを生やして、眼光鋭い視線をわたしたちに向ける。

船長というより、どちらかというと海賊みたいだな、と思いながら、わたしはおそるおそるたずねた。

「船長さん……ですか？」

男の人は無言でベンチから腰をあげて、わたしたちの目の前に立った。

夕焼けを背中に受けた大きな影に、わたしたちがちょっとおじけづいていると、その人影は胸に手を当てて、重々しくうなずいた。

「いかにも。わたしが船長だ」

しゃべり方は時代がかっているけど、声は思ったよりも若い。

「矢鳴って男の子、分かりますか？　ぼくと同じ五年生なんですけど」

安川くんが聞くと、船長さんはニッと笑って、

「ああ、あの元気な子どもか。それじゃあ、君たちはあの子どもの友だちだな」

といった。

「はい」

「そうか。友だちはいいぞ。一生大切にするんだ」

船長さんは大きな手で安川くんの頭をつかんで、荒っぽい手つきでガシガシとなでた。

なんだか独特なペースで話をすすめてくるので、なかなか地図のことを聞けずにいると、

「それで、宝の地図は見つかったのか？」

向こうの方から本題に入ってくれた。

「いえ、まだです」

安川くんが首を振るのを見て、

「それはいかんな。早く見つけないと、別の船のやつらに先を越されるぞ」

船長さんは難しい顔でいった。

どこまで本気で、どこまで冗談なのか、よく分からない。

「あの……ひとつ聞いてもいいですか？」

安川くんが船長さんを見上げながらいった。

「なんだ？」

「どうして自分も図書館にいって探さないんですか？」

「本当に有能なリーダーというのは、自分では動かないものなんだ」

船長さんは胸を張って、にっと笑った。

「でも、現場にいって指揮をすることはできるでしょう？」

安川くんは緊張した声でいった。

「あなたは本当に船長なんですか？」

不意に風が強くなって、ガサガサと木の葉が揺れる。

わたしたちが展望台に着いて、ほんの数分しか経っていないのに、夕陽は山の陰に入り、あたりには夜の気配がただよいはじめていた。

「もしかして、疑ってるのか？」

冷たい風が吹きぬける中、船長さんは低い声でいった。

「船長じゃないとしたら、わたしはいったい何者なんだ？」

「それは――」

安川くんは一瞬口ごもると、船長さんをまっすぐに見つめていった。

「宝の地図を盗んだ泥棒本人……とか」

「ほう。どうしてそう思ったんだ？」

船長さんは面白がるようにいった。

「だって、本当に宝の地図を探したいのなら、こんなところじゃなくて、直接図書館にいけばいいじゃないですか。それをしないのは、図書館で地元の人に会ったら、二十五年前に図書館で捕まった泥棒だとばれてしまうからじゃないかと思ったんです」

「でも、罪はつぐなってるんだから、別にばれてもいいんじゃないの？」

わたしが頭に浮かんだ疑問を、そのまま口にすると、安川くんはわたしを見て、小さく首を振った。

「でも、その場合、宝の地図が見つかっても、元の持ち主に返さないといけなくなるだろ」

「わたしも、ひとつ聞いてもいいかな？」

船長さんはためすような口調でいった。

「仮にわたしが泥棒だったとして、二十五年前に一度来ただけの泥棒の顔を、はたして覚えている人がいるだろうか」

「本当に一度来ただけなら、いないかもしれません」

安川くんは即答した。

「でも、もともとこの町の人だったら……」

船長さんは、おや？　というように片方の眉をあげた。

「どうしてそう思うんだい？」

「だって、この町の人でもなければ、こんなところにベンチがあるなんて知らないでしょう？」

安川くんは、薄闇に沈んでいく雲峰の町を眺めながら答えた。

船長さんは、しばらく無言でわたしたちの顔を見ていたけど、

「はっはっは……」

とつぜん弾かれたように大声で笑い出した。

「いいところに気が付いたな。たしかに、わたしは昔、この町にいたことがある」

わたしと安川くんが、びっくりして顔を見合わせていると、

「冷えてきたな。暖かいところで話の続きをしようか」

船長さんはわたしたちの横をすり抜けて、図書館へと続く山道を、スタスタと歩き出した。

山からおりた船長さんは、図書館ではなく、まっすぐに〈らんぷ亭〉へと向かった。

初対面の、しかも正体不明の人といっしょにいることに不安もあったんだけど、ここならマスターもいるし、大丈夫だろう。

カランカランとベルを鳴らしながら店内に入ると、

「いらっしゃいませ」

マスターがにこやかな笑顔で出迎えてくれた。船長さんの服装を見ても、表情を変えないあたり、さすがプロだと思う。

一番奥のテーブル席につくと、お水を運んできたマスターに、船長さんはキリマンジャロを、わたしと安川くんはホットココアを注文した。

「さっきの話だが……」

マスターがカウンターの中に戻ると、船長さんはテーブルの上に身を乗り出して、安川くんに聞いた。

「宝の地図があるという話が、まったくのデタラメかもしれないとは思わなかったのか？」

安川くんは水を一口飲むと、ちょっと考えてから話し出した。

「図書館に宝の地図なんて、正直、信じられなかったんですけど……いたずらだったらなおさら、展望台なんかより、みんなが地図を探す様子を見にいくんじゃないかと思ったんです。だから、海賊の残した地図かどうかはともかく、図書館に隠された地図を探しているのは本当だと思いました」

その理路整然とした説明に、船長さんは感心したようにうなり声をあげると、懐かしそうに目を細めた。

「きみを見ていると、昔の友だちを思い出すな」

「友だち？」

安川くんのとなりで、わたしが声をあげると、船長さんはうなずいて、

「わたしは、二十五年前に友だちが、図書館のどこかに隠した宝の地図を探しているんだよ」

といった。

「それじゃあ、地図は本当にあるんですか？」

安川くんが身を乗り出す。

「君の推理は、半分当たっていたんだよ」

船長さんは指を一本立てると、不器用にウインクをした。

「たしかに、わたしはこの町にいたことがあるし、海賊の地図というのも嘘だ。だけど、わたしが船長というのは本当なんだ」

すっかり暗くなった窓ガラスに横顔をうつしながら、船長さんはまるで昔話を語るおじいさんのような深い声で話し出した。

「わたしの両親は船乗りでね。わたしは海の上で生まれたんだ」

そのせいもあって、船長さんは子ども時代を、世界中で過ごしてきたらしい。

「転校なんてもんじゃないぞ。一年ごとに、違う国の学校に通ったんだからな」

船長さんは、大きな身振りをまじえながらいった。

にわかには信じられないような話に、わたしは本当かな、と思ったけど、船長さんが語る外国の小学校のエピソードは、生き生きとしていて、とても嘘とは思えなかった。

ヨーロッパの小国で、金髪の美少女にひとめぼれした話を聞いているところに、コーヒーとココアが運ばれてきて、船長さんは我に返ったように、「話を元に戻そう」といった。

「あれは、ちょうどわたしが君たちと同じ、小学五年生のときだった。乗っていた船が台風にまきこまれて大破して、修理のために、この町で一年ほど過ごすことになったんだ――」

雲峰市に港はないけど、少し離れた海辺の町に船を修理するドックがあって、親戚が住んでいたこの町に滞在することになったらしい。

一時的に日本の学校に通うことになった船長さんは、お母さんが日本人だったので、言葉の問題はなかったけど、本人いわく〈ユニークな性格〉だったために、なかなか友だちができなかった。

それでも、しばらく通ううちに、同じクラスのある男の子とよく話すようになった。

その子は本が好きで、船長さんが船で世界を巡るように、自分は本で世界を巡るのだといい、いっしょに裏山の展望台にのぼっては、船長さんは海の話を、その子は本の話をした。

やがて、船の修理が終わって、出航のときがくると、船長さんとその男の子は再会を約束して、お互いの宝物をクッキーの缶に入れた。

「ちょうどそのころ、彼とわたしの間では宝探しごっこが流行っていた。宝物に見立てたおもちゃを箱に入れて、家や学校のどこかに隠す。そして、そのありかを暗号にして、相手が見つけ出すんだ。だから、あのときも――」

その子は、宝物をこの町のどこかに埋めて、その場所を記した地図を図書館に隠しておくから、日本に帰ってきたら、いっしょに探しにいこうといった。

ところが――。

「そのあと、また船が難破したり、親が病気になったりといろいろあって、なかなか日本に来る機会がないまま月日が流れた。しかも、わたしがやっと一人前の船乗りになったとたん、船長だった父親が亡くなって、船員たちを失業させないためにも、わたしが跡を継ぐしかなかった」

船長さんは遠い目をしながら話し続けた。

「それからは、必死になって働いた。そして、ようやく最近、仕事が落ち着いてきて、真っ先に思い出したのが彼との約束だったんだ」

「日本を離れたあと、そのお友だちとは、連絡をとってなかったんですか？」

わたしが聞くと、船長さんはなんともいえない微妙な表情をした。

「はじめのうちは、何度か手紙のやりとりをしていたんだが、あるとき、船が火事になって、彼からの手紙が焼けてしまったんだ。わたしの方は、しょっちゅう住所が変わるから、彼から連絡をとる術はない。それで、しばらく疎遠になっていたんだが、最近になって、ひょんなことから彼の消息が分かってね。船の点検を兼ねて、日本に来ることにしたんだよ」

「船長さんが日本に来ていることを、そのお友だちは知ってるんですか？」

わたしの問いかけに、船長さんはゆっくりと首を振った。

「いや、連絡はしていないんだ」

「え？」

　わたしはびっくりして声をあげた。

「どうしてですか？　だって、いっしょに宝物を探しにいこうって約束したんでしょ？」

　もちろん、隠したのはそのお友だちだけど、そんな約束をしたのなら、いっしょに見つけたいはずだ。

　だけど、船長さんはため息をついて、弱々しく微笑んだ。

「とろうと思ったんだけどね……怖かったんだよ」

「怖かった？」

　意外な言葉に、わたしは聞き返した。

「きみたちには、まだ分からないだろうね。もし連絡がついたとしても、その友だちがわたしのことを忘れていたら……わたしのことは覚えていても、宝物のことを覚えていなかったら……」

　それは、わたしにとって大切な宝物を失うことなんだよ、と船長さんはいった。

「だから、まずは自分の手で探してみようと思ったんだ」

　昨日の朝、この町に着いた船長さんは、図書館にやってきて、ひとりで地図を探してみたらしい。

「上着と帽子を脱いでいたから、誰もわたしが船乗りだということに気づかなかったようだがね」

そういって笑った船長さんは、すぐに表情をくもらせた。

「だけど、結局見つからなかったんだ。彼に連絡をとればよかったんだろうけど、その決心もつかなくて、展望台でぼんやりと町を眺めていたら、あの子どもたちがやってきて……」

探検ごっこの途中で、船長さんを見つけた矢鳴くんたちが、

「あの人、なんだか海賊みたいだな」

と話しているのを聞いた船長さんは、

「わたしは船長だ」

ベンチから立ち上がって、みんなに指令を下したのだった――。

「まあ、そんなわけで、わたしは泥棒じゃないんだよ」

長い話を締めくくって、おいしそうにコーヒーを飲む船長さんに、

「疑って、すみませんでした」

安川くんは小さくなって頭を下げた。

「いやいや、謝るのはわたしの方だ」

船長さんはカップを置いて、首を横に振った。

「もとはといえば、わたしが子どもたちに手伝わせるために、海賊の残した宝なんて話をでっち上げたせいだからね。すまなかった」

わたしたちは顔を見合わせると、だれからともなく笑い合った。

考えてみれば、とっさにそれだけの話をつくれるなんて、すごいと思う。

「それじゃあ、宝の地図は本当にあるんですね」

わたしがココアを飲みながら聞くと、

「ああ。それは本当だ」

船長さんはいたずらっぽく笑っていった。

「二十五年前というのも、嘘じゃない」

「え？」

わたしはびっくりして、思わず大きな声をあげてしまった。

二十五年前に小学五年生ということは、いま三十五、六歳——お母さんと同い年ぐらいということになる。

船長さんの見た目から、わたしはもっと年上だと思っていたのだ。

わたしの声の意味が分かったのだろう、船長さんは苦笑しながら、

「これでも、思い出の町に来るにあたって、身ぎれいにしてきたつもりなんだけどなあ」

そういうと、あごに手をやってひげをなでた。

「あ、えっと、ごめんなさい……」

肩をすくめるわたしのとなりで、

「その地図なんですけど……」

安川くんがまるで手掛かりを探す探偵みたいな真剣な顔で聞いた。

「だいたい、どれくらいの大きさなんですか？」

「ノートを破って作っていたから、ノートの一ページ分か、もしかしたら半分くらいかもしれないな」

　船長さんは宙を見つめながら答えた。

　それなら、小さすぎて見落としてしまうということはなさそうだ。

「だいたい、二十五年も前の本って、図書館に残ってるのか？」

　安川くんに聞かれて、わたしは「児童書だったら、可能性はあると思う」と答えた。

「前に美弥子さんがいってたけど、児童書のコーナーは、一般書に比べたら入れ替わりがそんなに激しくないいんだって。だから、二十年とか三十年前の本でも普通に置いてあるの。ただ……」

　わたしはそこで言葉を切って、口をとがらせた。

「長い間残ってるってていうことは、人気があるわけだから、いままでにたくさんの人が借りてると思うの。そうなると……」

　貸出レシートや映画の半券でも気が付くのに、手書きの地図がはさまっていて、二十五年もの間、誰も気づかないなんてことがありえるだろうか。

「でも、誰も借りない本だったら、処分されちゃうんだろ？」

　安川くんの言葉に、わたしはうなずいた。

「二十年以上前から図書館にあって、棚から消えるほど不人気じゃないけど、はさまれた地図には気づかれない本……」

安川くんは腕を組んで、本の特徴をあらためて整理すると、そのまま深いため息をつきながらいった。

「やっぱり、もうないんじゃないかな……」

すでに誰かが見つけて、捨てられてしまったか、それとも本ごと処分されたか……どちらにしても、図書館に宝の地図が残っている確率は、かなり低いといえるだろう。

船長さんはカップを手に、じっと窓の外を見つめていたけど、やがて、ゆっくりと首を振って、「いや……」といった。

「彼は頭がよかったし、図書館のこともよく知っていたから、そういう事情もよく分かっていたと思う」

「だから、そういう条件をクリアした本に隠したはずだ、ということですか？」

安川くんの問いに、船長さんは小さく肩をすくめた。

「というか、そういう条件をクリアする本を見つけたからこそ、図書館に地図を隠したんじゃないかと思うんだが……」

「あの……」

わたしは小さく手をあげた。

「そのお友だちは、地図を図書館に隠したといったんですか？　それとも、本に隠したといったんですか？」

図書館に隠した、ということになれば、話が変わってくる。

「児童書エリアの本の中に隠した、といっていたね」

船長さんはすぐに答えた。

「本の中……」

わたしはその言葉を繰り返した。

本の中といえば、普通はページの間にはさむことを考える。

だけど、たとえば箱入りの本なら、箱と本の間にはさんでも、本の中に隠したという言い方になるだろう。

「まさか、本の中をくり抜いて隠したわけじゃないだろうしな……」

安川くんがつぶやく。

安川くんが考えているのは、おそらく、双子の怪盗シリーズの最新作『空に消えた宝石箱』の中に出てきた、大富豪が自分の書斎にある本をくり抜いて、宝石を隠すというトリックのことだろうけど、そんなことをすれば余計に目立つはずだ。

わたしが頭を悩ませていると、

「もしかして、すっげえ面白くない本なんじゃないか？」

安川くんがとうとつに、そんなことをいい出した。

「どういうこと？」

「だから、はじめは面白いからみんな借りて読むんだけど、途中から全然面白くなくなって、誰も最後まで読まないから、終わりの方のページはずっと開かれないままになってるんだよ」

安川くんのアイデアに、わたしは吹き出した。

「たしかにそんな本があれば、二十五年間、誰も開いたことのないページがあるかもね」

「しかし、そのアイデアは面白いかもしれないな」

船長さんものってきた。

「人気のある本でも、開かないページがあれば、そこに地図が隠されている可能性はあるわけだ。特定のページをのりで貼り付けたりして……」

そこまでしゃべった船長さんは、自分の言葉に自分で首を振った。

「いやいや、彼はそんなことをする子ではなかった。かといって、はじめから貼り付けられているページなどないし……」

「そういえば——」

わたしは矢鳴くんの話を思い出した。

「ヒントがあるって聞きましたけど、あれも作り話なんですか？」

「ああ……」と、船長さんは苦笑いを浮かべた。

「あれは本当だよ。再会を約束したとき、彼に『もしぼくがいけなかったときのために、ヒントを教えておくよ』といわれたんだ」

「『地図は、本の海の中にある』でしたよね？」

わたしの言葉に、船長さんはうなずいた。

「ああ、たしかそういっていた……と思う」

「思う？」

わたしは船長さんに顔を近づけた。

「違うんですか？」

「いや、違いはしないんだが……」

船長さんは眉をぎゅっと寄せると、難しい顔でいった。

「なにしろ昔の話だからな。少し自信がなくなってきた。もしかしたら、彼は『本の海の中』ではなく、『本と海の中』といっていたかもしれない」

「『本と海の中』？」

余計に意味が分からなくなった。

本と海――地図は二枚あるということだろうか。

わたしが頭を抱えていると、

「よかったら、知恵を貸してくれ」

船長さんはにっこり笑って、わたしたちの顔に視線を往復させながらいった。

「もし地図を発見してくれたら、お礼に船の旅に招待するよ」

「いただきまーす」

真っ白な湯気があがるお鍋を前にして、わたしは両手を合わせた。

今日は久しぶりのおでんだ。

さっそく好物のもちきんちゃくを探しながら、わたしはお母さんに、今日の出来事を報告した。

同じクラスの男子たちが、図書館で海賊の地図を探していた、というところまでは、昨日のうちに話してある。

展望台で船長さんと会ったところから、らんぷ亭での推理合戦まで話し終えると、お母さんは大根をわたしのお皿にとりわけながら、

「それはちょっと、難しいかもね」

といった。

「やっぱり、もうなくなってる可能性が高いんじゃない？」

「そうだよね……」

わたしは肩を落とした。

いくらそのお友だちが、うまい隠し場所を見つけたとしても、もう二十五年も経っているのだ。

「ところで、その宝物って、いったいなんだったの？」

お母さんに聞かれて、わたしは、あれ？　と首をかしげた。

「そういえば、聞いてなかったな。そのときに、お互いが大事にしてたものを、相手に見せないように入れたとはいってたけど……」

「それもちょっと心配よね。二十五年も経って、宝物がちゃんと残ってるのかどうか……」

「それは大丈夫じゃない？　クッキーの缶に入れて、ガムテープでぐるぐる巻きにして隠したらしいから」

「だって、その隠し場所がまだ残ってるかどうかも分からないでしょ？」

たしかに二十五年も経てば、公園の桜の木の下に埋めてたのに、公園が取り壊されてマンションが建っちゃった、なんてこともあるかもしれない。

「そのお友だちに連絡をとればいいのに……」

わたしがお鍋の底に沈んでいるウインナーを探しながらつぶやくと、

「でも、その船長さんの気持ちも分かるなあ」

お母さんが三色団子を食べながらため息をついた。

「子どものころの思い出って、何十年経っても色あせない宝物なのよ。だから、それが本当に宝物かどうかたしかめるくらいなら、触れずにそっとしておきたい、という気持ちもあるのよね」

あなたたちは、いままさに宝物の時間を過ごしているのよ、とお母さんはうらやましそうにいった。

わたしもいつか、いまのこの時間を懐かしく思い出すときがくるのだろうか……。

そんなことを考えていると、余計に地図を見つけてあげたくなってきて、わたしはあらためてお母さんに聞いた。

「お母さんだったら、どういう本に隠す？」

「わたし？」

お母さんは、「うーん……」と首をひねっていたけど、やがて、

「わたしだったら、郷土資料の本に隠すかなあ……」

といった。

「郷土資料？」

「そう。図書館の二階に、郷土資料のコーナーがあるでしょ？　あそこの本なら、捨てられることもなさそうだし」

郷土資料というのは、地元の歴史や文化について書かれた本や冊子のことだ。

たしかに古くなったからといって、捨てられることはなさそうだけど……。

「でも、児童書コーナーにあるのは間違いないみたいだよ。それに、郷土資料のコーナーだと、なんか海っぽくないし」

「海っぽい？」

「ほら、さっきいったでしょ。『地図は、本の海の中にある』って。あ、でも、もしかしたら『本と海の中にある』だったかもしれないんだって」

「『本と海の中にある』？　なんだか、余計に分からなくなってきちゃったな……」

お母さんはほおづえをつきながら、お皿のコンニャクをじっと見つめていたけど、ふと顔をあげて、とうとつに聞いた。

「その船長さん、なんていう名前なの？」

「え？」

予想外の質問に、わたしはきょとんとした。

そういえば、〈船長さん〉でずっと通してきたので、名前は聞いていなかった。

「分からないけど……どうして？」

「ひとつの可能性なんだけどね……」

お母さんはコンニャクをお箸の先でつつきながら、苦笑いのような表情を浮かべた。

「もしかしたら、大江さん、っていうんじゃないかと思って……」


「大江？」

わたしの言葉に、船長さんは目を丸くした。

「違いますか？」

「いや、違うけど……」

困惑した表情で、首を横に振る。

翌日の放課後。

わたしは図書館のロビーにあるソファーで、船長さんと安川くんにはさまれて座っていた。

船長さんは今日も金ボタンのついた青い上着に、白い帽子をひざの上にのせていた。

「どうして大江なんだ？」

反対側のとなりから安川くんに聞かれて、わたしは理由を説明した。

「昨夜、お母さんがね……」

『本の海』ではなく『本と海』かもしれないと聞いて、お母さんはまず、その不自然さが気になったらしい。

本がたくさんある図書館を『本の海』と表現するなら分からなくもないけど、もし本当にヒントが『本と海』なら、図書館とは関係なく、その言葉の中に手掛かりが隠されているのではないかと考えたのだ。

「お母さんが最近テレビで見たクイズ番組で、『海の中にいるのはだれ？』っていう問題があったんだって」

わたしは安川くんと船長さんの顔を交互に見ながら、すぐに答えを明かした。

「正解は『母』。海っていう漢字の中に、母っていう漢字が入ってるからなんだけど……」

同じ理屈で考えると、『本』と『海』の中にあるのは『木』と『母』になる。

だけど、これではなんのことだか分からない。

そこで、お母さんはもう一段階、考えを進めてみることにした。

船長さんは外国にいくのだから、ヒントは日本語じゃないかもしれない。

英語で本はＢＯＯＫ、海はＳＥＡ。それぞれの「中」を抜き出すと、「ＢＯＯＫ」の「ＯＯ」と「ＳＥＡ」の「Ｅ」で『Ｏ・Ｏ・Ｅ』――つまり『お・お・え』になる、というのがお母さんの推理だった。

「なるほど」

安川くんは感心した様子で、船長さんを見た。

「『おおえ』という言葉に、何か心当たりはありませんか？」

「もしかしたら……」

船長さんがとつぜん立ち上がって、児童書のコーナーに向かうと、〈民話・伝説〉の棚の前で足を止めた。

児童書の中でも、古い本がたくさん並んでいる一角で、『東北の昔話』とか『日本の伝説　鬼・幽霊』といったタイトルが並んでいる。

そんな中、船長さんは『悲しくて恐ろしい日本の民話』という本を手にとって、目次を開いた。

わたしと安川くんも、背伸びをしてその手元をのぞきこむ。

目次に並んだ各話のタイトルを指でなぞっていた船長さんは、

「これだ」

と声をあげて、「大植山の大蛇」という話のところで指をとめた。

山の名前に「おおえやま」とふりがながふってある。

「これって、おおえやま、って読むんですか」

安川くんの言葉に、船長さんはうなずいて、

「昔、彼に誘われて、登ったことがあるんだ」

といった。

大植山は、ここから電車とバスで三十分ほどのところにある小さな山で、となりの市との境にある。

船長さんが日本を離れることが決まった数日後、そのお友だちが、学校にこの本を持ってきて、大植山に登ろうと誘ってきたのだそうだ。

「これって、どんな話なんですか?」

目次を指さしながら、わたしが聞くと、船長さんはかいつまんで内容を教えてくれた。

大植山には昔から大蛇が住んでいて、山越えする人間を襲っていた。困った村人は、修行中の山伏(やまぶし)に声をかけ、大蛇を退治してくれないかと頼んだ。

月のない夜、山伏は山に登ると、大蛇とさし向かいで酒を酌み交わした。そして、自分は退治するよう頼まれたが、こうして友となった以上、お前を退治したくない。だから、次に自分が来るまで、人を襲わないと約束してくれないかと頼んだ。

大蛇はその約束を受け入れて、山伏はふたたび修行の旅へと出かけていった。

そして数年後、全国を回ってふたたび大植山に戻ってきた山伏を待っていたのは、約束を守り、小さくやせ細った大蛇の姿だった――。

船長さんとお友だちは、大植山に登って、山伏と大蛇の友情を記念した石碑の前で写真を撮ってきたのだそうだ。

お友だちはきっと、何年経っても変わらない友情の物語を、自分たちの関係になぞらえたかったのだろう。

船長さんは地図がはさまっていないかを確かめながら、「大植山の大蛇」のページを、一枚一枚、ていねいにめくっていった。

だけど、地図どころか、紙切れ一枚出てこない。

お母さんの推理が間違っていたのか、それともすでに誰かが見つけて捨ててしまったのか……期待が高かっただけに、がっくりと肩を落としていると、

「なあ、これってなんだ？」

安川くんが、同じシリーズの『不思議で面白い日本の民話』を手にして、わたしの肩をたたいた。

裏表紙を開いたところに、オレンジの厚紙で作られた、小さなポケットがついている。

「あ、それはね……」

以前、美弥子さんに聞いたことがあるんだけど、昔は公立の図書館でも手書きで貸出の処理をしていて、本の後ろのポケットに、書名を書いたカードが入っていたらしい。

利用者がカウンターに本を持っていくと、ポケットから出したカードに、借りた人の名前を書いて、カードを図書館であずかっておく。

そのカードを見れば、どの本を誰が借りているのか、すぐに分かるというわけだ。

もちろん、いまはすべてバーコードがついているので、ポケットは空になっている。

ということは——。

わたしは船長さんに、ポケットのことを伝えた。

船長さんは、本の裏表紙を開いて、ポケットに指を入れると、ハッと表情を変えた。

ゆっくりと引っ張り出された指の先に、折りたたまれた小さな紙が見える。

船長さんは、まるで壊れものでも扱うような慎重な手つきで、そっと紙を広げた。

わたしと安川くんの顔が、ぐっと近づく。

意外なことに、そこに書かれていたのは、地図ではなかった。

黒のボールペンで一行だけ、メッセージが書かれていたのだ。


〈宝の地図はいただいた〉


「あいつの字だ……」

少し右上がりの癖のある文字を見て、船長さんがつぶやく。

だけど、わたしはそのメッセージの内容よりも、最後に書かれたサインの方に目をうばわれて、言葉を失っていた。

頭上には水色の空がどこまでも広がっていた。

土曜日の午後。

わたしは船長さんのあとについて、安川くんといっしょに、展望台へと続く山道をのぼっていた。

展望台に到着すると、茶色のコートを着た男の人が、背中を向けてベンチに座っていた。

わたしたちの足音に気が付いた男の人が、ゆっくりと立ち上がって、こちらを振り返る。

「待たせたな」

船長さんの言葉に、男の人は懐かしそうに目を細めて、小さくうなずいた。

「ずいぶん待ったよ」

それから、わたしの顔を見て、にっこり笑った。

「暗号を解くのを、手伝ってくれたんだってね。ありがとう、しおり」

わたしは首を振って、本のポケットに入っていた紙を差し出した。そこには、〈宝の地図はいただいた　関根要〉と書かれていた。

関根要。雲峰市出身の小説家で、船長さんの同級生で、そして、十年前にお母さんと離婚した、わたしのお父さんだ。

メッセージの名前を見たとき、わたしは一瞬目を疑ったけど、たしかにお父さんはこの町の出身だし、二十五年前に小学五年生なら、年齢も合う。

この関根要という人はわたしのお父さんだというと、船長さんは目を大きく見開いて、それから「ふうむ」とあごに手を当てた。

「初めて見たときから、誰かに似ているような気がしていたのだが……そうか、彼に似ていたのか」

わたしは、お父さんに似ているといわれたことがあまりなかったので、なんだかくすぐったいような変な感じだった。

船長さんも、お父さんが小説家になったことを知って、それで消息が分かったのだそうだ。

とにかく地図もないことだし、こうなったら本人に事情を聞くしかない。そこで、わたしたちは美弥子さんに相談することにした。

お父さんは、美弥子さんにとっては義理の叔父（おじ）にあたるけど、図書館で講演会をしたこともあるので、仕事上の付き合いもある。

そこで、美弥子さんから連絡をとってもらい、今日のこの待ち合わせが実現したのだった。

「本当に小説家になったんだな」

船長さんが嬉しそうにいうと、

「お前も、船乗りになったんだな」

お父さんは、船長さんの服装を上から下まで眺めながらいった。

話していることが、どこまで本当か分からない船長さんだったけど、お父さんの跡を継いで船乗りになったというのは本当だった。

いまは外国の海運会社に所属していて、世界を旅する豪華客船の船員をすることもあれば、小さな船の責任者をつとめることもあるらしい。

今回は久々の長期休暇で、しばらく日本に滞在することにしたのだそうだ。

「それで、地図は持ってきたのか？」

船長さんの言葉に、お父さんはポケットから、すっかり変色してしまった紙を取り出すと、そっとひろげた。

そこに描かれていたのは、この町の地図だった。

わたしたちの通う陽山小学校や、町のはずれを流れる笹耳川（ささみみがわ）、いまはもうない駄菓子屋さんや、いまでも営業している文房具屋さんが並んでいて、地図の一番上には図書館の建物と小さな山、そして力強い×印が描かれている。

どうやら、わたしたちがいま立っているこの場所が、宝物の隠し場所だったようだ。

「実は、あそこに隠してたんだ」

お父さんはちょっと照れたように笑って、ベンチから数メートル離れたところにある、一本の木の根元を指さした。

いまから二十五年前、お父さん——関根少年は、宝物を詰めた缶を、新聞紙で包んだ上からガムテープでぐるぐる巻きにして、木の根元に埋めた。そして、地図を大植山の伝説がのっている本のポケットに隠して、ヒントを残した。

ところが、大学に合格してこの町を離れることになったとき、地図と宝物を残していくのが不安になった関根少年は、二つとも回収しておくことにした。

そして、いつか船長さんが暗号を解読して、ひとりで図書館をたずねたときのために、メッセージを残しておいたのだ。

「それで、宝物ってなんだったんですか？」

安川くんが興奮した様子で、二人の顔を見た。

お父さんはいたずらっぽく笑うと、ベンチに置いてあった紙袋から、二十センチ四方くらいの四角い缶を取り出して、パカッと開けた。

「見るかい？」

中には、いろんなものが入っていた。

外国のコインや、変わった形の石、見たことのないキャラクターのゴム人形、何の機械に使うのか分からない部品、小さな紙をホチキスで閉じただけの豆本（あとで聞いたら、お父さんが当時書いた小説を、自分で製本したものだったらしい）……。

正直なところ、いかにも宝物という感じはしなかったけど、船長さんは目をキラキラさせながら、まるで宝石を扱うような手つきでコインや石を手にとった。

そんな様子を見ていると、やっぱりこれは宝物なんだな、と思った。

「見つかって、よかったですね」

「ああ。ありがとう」

わたしの言葉に、船長さんは顔をくしゃっとして笑った。

それはまるで、子どもみたいな笑顔だった。

宝物をひとつひとつ手にとりながら、夢中になってしゃべっている二人に、わたしは声をかけた。

「それじゃあ、ごゆっくり」

わたしと安川くんが、ぺこりと頭を下げて、山をおりようとすると、

「しおり」

お父さんがわたしを呼んだ。わたしが足を止めて振り返ると、

「ありがとう」

お父さんはそういってから、ちょっと間を空けて、

「お母さんにも、よろしく伝えといてくれ」

照れ笑いのような表情でつけ加えると、手を振った。

「うん」

わたしは手を振り返すと、山道に足を踏み出して、それからもう一度振り返った。

ベンチの前で、大きくなった男の子が二人、やわらかな冬の日差しを受けながら、目を

輝かせて語り合っていた。

「宝物か……おれもなにか埋めようかな」

山道をおりながら、安川くんが独り言のようにいった。

「安川くんは、遠くにいくわけじゃないでしょ?」

足元に気をつけて歩きながら、わたしは応えた。

「そうだけどさ……たぶん、あれってタイムマシンなんだよ」

「タイムマシン?」

「うん。子どものころは、すっげえ宝物に見えてたのに、だんだんそうじゃなくなるものってあるだろ?」

安川くんの言葉に、わたしはこの間、引き出しの奥から出てきた消しゴム付きの鉛筆キャップを思い出した。

一年生のときに学校で流行っていて、お母さんにねだって買ってもらったんだけど、いつのまにか使わなくなって、引き出しの中に埋もれていたのだ。

「たぶん、ああいう風に宝箱に入れて、どこかに埋めておけば、そのときの、石とかビー玉を宝物だと思ってた気持ちごと、保存することができるような気がするんだよな……」

安川くんの言葉に、わたしは缶の中身を見たときの、お父さんと船長さんの表情を思い出した。

たしかにあの瞬間、まるで小学五年生のときの気持ちが缶からあふれ出して、二人に魔法をかけたみたいだった。

「茅野だったら、宝箱になにを入れる？」

「う―ん……」

来年になって陽山小学校を卒業したら、安川くんとは別の中学校になってしまうかもしれない。

京子ちゃんや麻紀ちゃんとも、いまみたいに会えなくなるかもしれない。

だけど、学校や図書館で知り合った人たちも、交わした会話も、過ごした時間も、わたしにとってはすべてが宝物だった。

いまのこの時間を全部そのまま閉じ込めたい、と思ったら、幸せな気持ちと嬉しい気持ち、それに寂しい気持ちや切ない気持ちがいっせいにおそってきて、なぜか涙が出そうになった。

「なにを入れようかな―」

わたしは熱くなった顔を安川くんに見られないように、足を速めて山道をおりた。

第四話

街角図書館

「え？　もう三月？」

お母さんの、まるで悲鳴のような声にびっくりしたわたしは、もう少しでコップに注いでいた牛乳をこぼすところだった。

なんとかこぼさずにリビングに戻ると、腰に手を当てて壁のカレンダーを見ていたお母さんは、

「早いわねえ……」

とため息のようにつぶやいて、わたしの向かいに座った。

二月最後の日曜日。

どうやら、あと数日で二月が終わるという事実にとつぜん気づいて、ショックを受けていたみたいだ。

わたしが五年生でいられるのも、あと一ヶ月か——朝ごはんのホットドッグにケチャップをかけながら、わたしがあらためて、時の流れの早さを感じていると、

「さて、クイズです」

お母さんがいたずらっぽく笑いながら、わたしの顔をのぞきこんだ。

「一月はイヌ、三月はサル……では、二月はなんでしょう？」

「へ？」

ホットドッグにかぶりつこうとしていたわたしは、大口を開けたまま、間抜けな声をあげた。

「一月はイヌで、三月はサル……？」

イヌ、サルとくれば、すぐに思いつくのはキジだけど、そうなると、一月、二月というのが分からない。

干支ならサル、トリ、イヌの順だし……。

もしかして、ごろ合わせだろうか。

一月がイヌ、三月はサルなら、「に」ではじまる動物は……。

「ニワトリ？」

「ブブー」

お母さんは嬉しそうに不正解を告げると、

「答えは『ニゲル』でしたー」

といって、おいしそうにコーヒーを飲んだ。

「……ニゲル？」

てっきり動物の名前がくるとばかり思っていたわたしが、異国の少年の名前みたいなその答えにポカンとしていると、

「『一月は往ぬ、二月は逃げる、三月は去る』っていう言葉があるの」

お母さんはそういって、もう一度カップに口をつけた。

往ぬというのは、動物の犬ではなく、『いってしまう』という意味の古い言い方で、一月から三月までは行事やイベントが多く、あっという間に過ぎ去ってしまうことを表現した決まり文句なのだそうだ。

「そんなの分かるわけないじゃない」

わたしは抗議しながらも、うまい言い方だな、と感心した。

気が付けば、二月ももう逃げようとしている。この分だと、三月もあっという間に去ってしまうだろう。

特に今年は、年が明けてからまだ二ヶ月だというのに、いろんなことがあった。

長峰くんと京子ちゃんの喧嘩に、神沢さんの恩人探し、そして、宝の地図騒動……。

船長さんのお友だちが、実はお父さんだったということは、お母さんにも報告した。

お母さんは、はじめはびっくりしていたけど、思い当たるところもあったみたいで、

「図書館の本に隠すなんて、あの人らしいわね」

と笑っていた。

去年の秋に開かれた講演会以来、お父さんとは何度か会ってるし、お母さんにもそのことは報告しているけど、その様子を見ていると、そんなに嫌っていたり、仲が悪そうな雰囲気はない。

二人はどうして離婚したのかな……と思いながら、お母さんの顔を見つめていると、

「あっ！」

お母さんが、またすっとんきょうな声をあげて、わたしはまた牛乳をこぼしそうになった。

「な、なに？」

「おひな様、飾らなきゃ」

そういえば、ひな祭りまであと一週間だ。

うちはマンションで壇飾りを置くスペースがないので、毎年ガラスケースに入った内裏(だいり)雛(びな)を飾っている。

「あれって、どこにしまったかな……」

あわただしく立ち上がるお母さんに、

「たぶん、クローゼットじゃない？」

わたしは笑って声をかけながら、こうして二月は逃げていくんだな、と思った。


クローゼットの奥から、なんとかおひな様を探し出して、ついでに部屋を片付けていると、いつの間にかもうお昼になっていた。

ご飯を手軽にレトルトのカレーですませると、美容院にいくというお母さんといっしょにマンションを出る。

駅の方に向かうお母さんを、手を振って送り出すと、わたしはマンションの駐輪場から自転車を引っ張り出して、図書館へと走り出した。

風はあいかわらず冷たいけど、薄い雲の向こうから差し込む日差しはほんのりと暖かく、春の気配を感じさせる。

公園に咲く梅の花を横目に眺めながら、わたしは自分だったら宝箱になにを入れるだろうかと考えた。

大人になったときに、友だちといっしょに、もう一度見てみたいもの——そう考えると、読書手帳なんか面白いかもしれない。あとは、去年の図書館祭りのときに、美弥子さんといっしょにつくったしおりとか。二種類あって、それぞれ点字で、

『本は、新しい世界への扉である』
『本は、新しい世界への鍵(かぎ)である』

と書かれているのだ。

本当は、好きな本を入れたいところだけど、そうなると、とんでもなく大きな宝箱が必要になってくる。

いっそのこと、図書館をまるごとクッキーの缶の中に入れられたらいいのにな——ふたを開けたら、中が図書館になっているクッキーの缶を想像しているうちに、図書館に到着

した。

カウンターには長い行列ができていたので、わたしは返却を後回しにして、児童書コーナーの丸テーブルにリュックをおろすと、先に借りる本を選ぶことにした。

森林浴をする人が、森の中で大きく深呼吸をするように、紙とインクのにおいを感じながら、わたしは本の森の散策をはじめた。

たくさん並んだ本の背表紙から、気になったタイトルに手を伸ばしては、テーブルに積んでいく。

五冊ほど積み上がったところで、わたしは腰をおろして『世界の果ての花屋さん』を読みはじめた。

『世界の果ての本屋さん』に続く『世界の果て』シリーズの二作目で、なにしろ世界の端っこで営業している花屋さんなので、お客さんも普通じゃない。サンタクロースがプロポーズのための花束を買いにきたり、宇宙飛行士が荒れ果てた星に花を咲かせるために、大量の花の種を買いにきたりするので、いつも大忙しだ。

次に手にとった『おうちキャンプ』は、雨でお出かけが中止になった男の子が、子ども部屋にテントを張ってキャンプをはじめる話で、いつもは苦手なピーマンが、テントの中だとおいしそうに見えて、ペロリと食べてしまう場面が面白かった。

わたしが続いて、『キセキの缶詰』を開こうとしたとき、

「だから、さっきから何度もいってるだろ！」

図書館にはふさわしくない、大きな怒鳴り声が、貸出カウンターの方から聞こえてきた。

思わず立ち上がってのぞきこむと、グレーのスーツを着た年配の男性が、カウンターの前で顔を真っ赤にして大声をあげていた。

「いったい、いつになったら順番が回ってくるんだ！　もう三ヶ月も待っているんだぞ！」

「申し訳ございません。人気のある作品には、どうしても予約が集中してしまいまして……」

「それをなんとかするのが、あんたらの仕事だろうが」

声を荒らげる男性に、カウンターをはさんで応対しているのは、川端さんという若い女性の司書さんだ。非常勤なので、週に三日ぐらいしか出勤していないけど、本の知識も豊富で、優しくてしっかりした、いつも明るいお姉さんだった。

その川端さんが、いまは眉を八の字にして、泣きそうな顔をしている。

間の悪いことに、ほかの職員さんもややこしそうな相談を受けていたり、お客さんを書架に案内したりしていて、すぐには助けにこられそうにない。

「それで、あと何人ぐらい待ってるんだ」

少しトーンを落とした男性の質問に、川端さんは手元の機械に視線を落として答えた。

「それが、まだ二十件以上の予約が入ってまして……」

「冗談じゃない！　そんなに待っていられるか。ちょっと、その機械でおれの順番を繰り上げろ」

男性はカウンターに身を乗り出して、機械に手を伸ばそうとした。

「そういうわけには……」

川端さんが、なんとか腕でガードする。すると、男性は川端さんをにらんで、

「それじゃあ、本屋で買ってきて、その代金を請求するからな」

とんでもないことを言い出した。

「いえ、それもちょっと……」

「あんた、どうせバイトなんだろ？」

男性は、横から見ていても嫌な気持ちになる笑みを浮かべて、川端さんに顔を近づけた。

「おれは市長とも知り合いなんだ。あんたをクビにすることもできるんだぞ」

川端さんはうつむいて、キュッと結んだ唇をかすかにふるわせている。

わたしがさすがにがまんできなくなって、男性を怒鳴りつけてやろうかと思ったとき、

「あんた、いい加減にしたら？」

ひときわ甲高い声が、館内に響いた。

ピンクのモコモコしたファージャケットに、ヒョウ柄の派手なスカートの女の人が、胸の前で腕を組んで男性をにらみつけている。

その顔を見て、わたしはおどろいた。

冬休みに図書館でばったり会った葉月さんの叔母さんで、去年、課題図書にまつわる一

件がきっかけで仲良くなった、溝口さんだったのだ。

「な、なんだ、お前は」

男性は、とつぜん思いがけない方向からかけられた声に、動揺した様子で後ずさった。

反対に、溝口さんは一歩前に踏み出す。

「無理難題をふっかけて、図書館の人を困らせるのはやめなさいっていってるの」

「うるさいな。お前には関係ないだろ」

男性が、体勢を立て直して文句をいうと、溝口さんはさらに足を踏み出して、一気にまくしたてた。

「関係あるわよ。わたしだって市民なんだから。あなたみたいな人の嫌がらせで優秀な図書館員が辞めていってサービスが低下したり、あなたのせいで順番が繰り下がったりして予約本が借りられなくなるのは迷惑なの。だいたい、予約した本がなかなか回ってこないからって、自分の順番を繰り上げろとか、本を買うからその代金を払えとか、市長と知り合いだからクビにされたくなかったらおれと付き合えとか、恥ずかしいとは思わないの？」

「お、おれと付き合えとはいってないぞ」

マシンガンのような溝口さんの口調に、男性がようやく口をはさむと、

「じゃあ、それ以外はいったことを認めるのね」

溝口さんはニヤリと笑って、スマホを取り出した。

「理不尽ないいがかりをつけて、金品を要求したってことで、警察を呼びましょうか？」

「馬鹿なことをいうな。そんなことぐらいで警察が……」

「刑法第２４９条、恐喝罪。社会通念上、相手が畏怖するほどの脅迫をおこない、金品をおどしとった者は十年以下の懲役」

「畏怖――つまり、怖がらせてお金を要求してはいけません、っていう意味ね。あ、ちなみに実際にお金を受け取ってなくても、刑法２５０条の恐喝未遂罪は成立するから」

溝口さんは低い声で相手の言葉を遮ると、川端さんの顔をチラッと見てから続けた。

すらすらと出てくる法律用語に、男性が呆気にとられていると、溝口さんはバッグから名刺を取り出して、男性の顔の前に突きつけた。

「一応、こういう者だけど、警察呼ぶ？」

「え……あ、いや……」

男性は言葉に詰まって、口をぱくぱくさせていたけど、

「もういい！」

捨て台詞を残して、逃げるように立ち去っていった。

男性の姿が見えなくなると、溝口さんはふーっと息を吐き出して、

「お騒がせして、ごめんなさい」

カウンターのまわりにいた人たちに頭を下げた。

「大丈夫。かっこよかったわよ」

となりのカウンターに並んでいたおばあさんが手をたたくと、ほかの人たちからも、拍手が起こった。

照れる溝口さんに、

「あ、あの……ありがとうございました」

川端さんが深々と頭を下げる。

溝口さんは顔の前で手を振って、

「わたしの方こそ、ごめんなさいね。黙っていられなくて」

と笑った。

「いえ、そんな……」

「さっきのやつが、もしまたなにかいってきたら、ここに連絡して」

川端さんに名刺を渡す溝口さんに、

「こんにちは」

わたしは声をかけた。

「あら、しおりちゃん」

溝口さんは、肩をすくめて笑った。

「恥ずかしいところを見られちゃったわね」

「いいえ。わたしも胸がスッとしました。さっき、あの人になにを見せたんですか？」

「ああ、これ？」

溝口さんがバッグから取り出した名刺を見て、わたしは目を丸くした。

それは、法律事務所の名刺だったのだ。

「溝口さん、弁護士さんだったんですか？」

「違う違う」

溝口さんはカウンターから離れながら答えた。

「わたしは事務員だけど、長く勤めてたら、刑法の条文くらい覚えちゃうのよ」

それから、小さくため息をついて、顔をしかめた。

「たまにいるのよね、ああいう人。わざと無茶ばかりいって、相手が困るのを見て優越感にひたってるの」

「どうしてあんなことというんでしょうね」

さっきの男の人の剣幕を思い出して、わたしは口をとがらせた。

「想像力が足りないのかな」

相手の人が、困っていたり嫌がっていることを想像できないから、あんな態度をとるのかな、と思っていると、

「そうとは限らないのよ」

溝口さんは怒っているというよりも、むしろ悲しそうな口調でいった。

「想像力があって、なにをいえば相手が本当に嫌がるか、十分に分かった上で、ああいうことをいってくる人もいるの。そういう人は、人を傷つけることが目的で近づいてくる、

言葉のテロリストみたいなものだから、なるべく相手にしない方がいいのよ」

わたしと溝口さんがそんなやりとりをしていると、

「こんにちは」

美弥子さんが、図書館の館長さんといっしょにあらわれた。

「事情は聞きました。職員を助けていただいて、ありがとうございます」

ぽっちゃりとした、ちょっと福の神を連想させる体形の館長さんが、深々と頭を下げると、溝口さんは肩を縮めて小さくなった。

「わたしの方こそ、後先考えずにカッとなっちゃって……かえってご迷惑だったんじゃありませんか？」

「いえいえ、とんでもない」

館長さんは首を大きく横に振った。

「わたしはこの館の館長です。図書館をあずかっている以上、そこで働く人とお客様を守る責任があります。あなたはその両方を守ってくださった。あとのことは、すべてわたしの方で対処いたします」

いつもはほんわかした印象の館長さんだけど、自分の仕事にほこりをもって胸を張る姿は、かっこいいなと思った。

館長さんが立ち去ると、わたしも本のことで、聞きたいことがあったんです」

「ちょうどよかった。わたしも本のことで、聞きたいことがあったんです」

溝口さんが、美弥子さんに声をかけた。

「この間、葉月ちゃんと話していて、子どものころに好きだった本をもう一度読みたくなったんだけど、タイトルが思い出せなくて……」

「話の内容は覚えてらっしゃいますか？」

溝口さんは首をひねりながら、いくつかの手掛かりを口にした。

小学校高学年向けの読み物で、ジャンルはミステリー。小学生の男の子がカメラマンの叔父さんといっしょに事件を解決していくんだけど、毎回叔父さんが的外れな推理をして、男の子がちゃんと真相を言い当てる、という展開が面白かったらしい。

「ああ、それなら多分……」

美弥子さんは、すぐにピンときたらしく、先に立って歩き出すと、棚の一番下の段から一冊の本を引き抜いた。

「これじゃないですか？」

「あ、これです！」

表紙を一目見るなり、溝口さんははずんだ声をあげた。

それは児童書にはよくある大型のハードカバーで、小豆色(あずきいろ)の表紙には、だまし絵みたいな階段が、ぐるぐると何重にも描かれている。そして、その階段を、いかにも探偵らしいトレンチコートとベレー帽の男の子が、虫眼鏡(むしめがね)を手に歩き回っていた。

タイトルは『ヘッポコ探偵の事件簿』。

溝口さんは、さっそく表紙を開いてページをめくった。はじめのうちは、懐かしそうに何度もうなずきながら目を通していたけど、途中で「あれ？」という顔をして、首をかしげた。

「違いましたか？」

美弥子さんが心配そうに声をかける。

「あ、いえ……」

溝口さんはあいまいに首をひねると、

「この本だと思います。表紙にもタイトルにも覚えがあるし、話の雰囲気も思っていた通りだし。ただ、一番記憶に残っていた話だけがのってなくて……」

そういって、目次のページをこちらに向けた。

全部で五つの話がのっていて、はじめの四つは溝口さんが話していた男の子と叔父さんの事件簿、最後のひとつは、叔父さんが子どものころに出合った事件を描いた番外編のようだ。

「どんな話だったんですか？」

わたしが聞くと、溝口さんは記憶を探りながら話してくれた。

それは溝口さんが一番好きだった話で、叔父さんがいつものように間違った推理をして、男の子がフォローするんだけど、実はそれも間違っていて、本当の真相に気づいていた叔父さんが、あとからこっそり犯人を説得して自首をすすめるのだ。

「違う本なのかな……」

わたしは本の表紙を見つめた。

「でも、ほかの話には覚えがあるの。だから、この本には間違いないと思うんだけど……」

美弥子さんによると、このシリーズの単行本はこの一冊しか出ていないので、ほかの本と間違えることは考えにくいらしい。

「大人向けの本だったら、文庫になるときに、収録作品が変わったりすることもあるんですけど……」

溝口さんから本を受け取って、パラパラとめくっていた美弥子さんは、やがてなにかに気づいたようにパッと顔をあげて、

「少し心当たりがあるので、お時間をいただいてもいいですか？」

といった。

「もちろんです。よろしくお願いします」

溝口さんが、にこにこしながら帰っていくと、

「溝口さんが探してたのは、この本じゃなかったの？」

わたしは美弥子さんに聞いた。

「うーん……この本なんだけど、この本じゃないのかも……」

美弥子さんは謎かけのような言葉を口にすると、わたしの顔を見て、いたずらっぽく

笑った。

「しおりちゃんには、話したことなかったかな？　わたしの本の師匠の話」

「え？」

わたしは大きな声をあげそうになって、あわてて口をおさえた。

「美弥子さんの師匠？」

「そう。本の師匠っていうより、司書の師匠かな。図書館司書としての心得を、いろいろと教えてもらったから」

美弥子さんはわたしの本の師匠みたいなものだから、美弥子さんの師匠なら、わたしの大師匠だ。

「溝口さんの話、思い当たることはあるんだけど、確認しないといけないの。たぶん、師匠に聞けば分かると思うんだけど……よかったら、いっしょに聞きにいかない？」

「いく！」

わたしはおなかの底から返事をして、またあわてて口をおさえた。


翌日は月曜日で、図書館は休館日だ。

休館日でも、出勤している司書さんはいるけど、美弥子さんはちょうど休みだったので、学校が終わってから、いっしょに〈司書の師匠〉に会いにいくことになった。

いったん家に帰ってから、駅前で美弥子さんと待ち合わせる。

各駅停車で四つ目の、小さな駅の改札を出ると、美弥子さんは駅前のケーキ屋さんで大きなシュークリームを三つ買った。

このお店のシュークリームが、師匠の大好物なのだそうだ。

お店を出て、住宅街の中を十分ほど歩くと、美弥子さんは散髪屋さんのとなりにある小さな建物の前で足を止めた。

軒下に〈秋間(あきま)文庫〉と書かれた看板がかかっている。

入り口はアルミサッシの引き戸で、上半分がすりガラスになっていて、そのガラスの部分には〈閉館日〉のプレートがかかっていた。

〈開館時間
火曜日　午後４時～６時
木曜日　午後４時～６時
土曜日　午前10時～12時〉

という貼り紙を見ながら、美弥子さんがガラガラガラと引き戸を開ける。

「お邪魔します」

あとについて中に入ったわたしは、思わず「わあ……」と声をもらした。

中は縦に細長いつくりになっていて、左右の壁はすべて天井まで本棚で埋まっている。薄暗い店内は、紙とインク、そして埃のにおいに包まれて、まるで古い本の中にいるみたいだ。

見たところ、絵本や児童書が多いみたいだけど、大人向けの小説やエッセイ、写真集なんかも並んでいる。

通路の突き当たりには、三十センチほどの段差があって、その奥にある四畳半ほどの畳の間では、眼鏡をかけた白髪のおじいさんが、ちゃぶ台に向かって本を読んでいた。

「こんにちは、秋間さん」

美弥子さんが声をかけながら近づくと、おじいさん——秋間さんは、ようやく本から顔をあげて、不愛想な声をあげた。

「ああ、お前さんか」

「今日は無理を聞いていただいて、ありがとうございます。この子が以前お話しした、いとこの茅野しおりちゃんです」

「茅野しおりです。はじめまして」

畳の間の手前で、わたしがお辞儀をすると、秋間さんは「おう」と小さくうなずいて、まじまじとわたしを見つめた。

なんだか気難しそうな人だな、と思いながら、靴を脱いで畳の間にあがると、

「ん？　シュークリームか？」

秋間さんは、美弥子さんが手にした箱に気づいて、表情をゆるめた。そして、閉じた本をちゃぶ台の脇に寄せて、電気ポットと急須で、いそいそとお茶の準備をはじめた。

「お茶にするか」

その間に美弥子さんが、ここは秋間さんの私設図書館なのだと教えてくれる。

「私設図書館？　それじゃあ、ここにある本は全部、秋間さんの本なんですか？」

わたしはおどろいて、本棚を振り返った。何千冊あるのだろうか。もちろん、雲峰市立図書館と比べたら全然少ないけど、図書館の分館や、学校の図書室より多いかもしれない。

「まあ、寄付も多いけどな」

秋間さんは、ちゃぶ台に湯飲みを並べながら不愛想にいった。

「図書館を開くっていったら、みんな、家で置き場に困ってる本を次々と持ってきやがって……捨てるわけにもいかねえから、並べてやってるんだよ」

口ではそんなことをいってるけど、本棚を見つめる秋間さんは、図書館で本棚を整理しているときの美弥子さんと同じような、優しい目をしていた。

「それで、今日はどうしたんだ？」

「実は、この本のことでご相談がありまして……」

美弥子さんが、図書館のシールが貼られた『ヘッポコ探偵の事件簿』を、ちゃぶ台の上に置く。どうやら、自分で借りてきたようだ。

本の表紙を見た秋間さんの表情が、わずかに動いた。そして、本を手にとって、一番最後のページをめくると、顔をあげてにやりと笑った。

「子どものころに読んだはずの話がのってなかった……ってとこかな」

秋間さんの台詞を聞いて、わたしは言葉が出なかった。

ここに来る途中、秋間さんにはまだ詳しい相談内容は話していないのだと、美弥子さんはいっていた。

つまり、秋間さんは本を見ただけで、美弥子さんの相談内容が分かったことになるのだ。

だけど、美弥子さんはおどろいた様子も見せず、「そうなんです」と話を続けた。

「探偵役の叔父さんが、推理を間違えたふりをして、最後に犯人に自首をすすめる話を探されてるそうなんですけど……」

「待ってなさい」

秋間さんは話の途中で腰をあげて、畳の間のさらに奥にある障子の向こうへと姿を消すと、すぐに一冊の本を手にして戻ってきた。

『ヘッポコ探偵の事件簿』――美弥子さんが持ってきたのと、まったく同じ本だ。

秋間さんは、その本をわたしに差し出すと、

「目次を見てみな」

といって、にやりと笑った。

わけが分からないまま、表紙を開いて目次を見たわたしは、

「あれ？」

と声をあげて、美弥子さんの持ってきた本と目次を見比べた。

どういうわけか、秋間さんの持ってきた本には番外編がのっていなくて、その代わり、本編が第五話まで収録されていたのだ。

秋間さんの本にある第四話「時計仕掛けの探偵」が、図書館の方にはのっていない。

「え？　どうして？」

二冊の本を何度も見比べるわたしに、「奥付を見てみろ」と秋間さんがいった。

奥付というのは、本の最後についている、発行日や出版社、作者のプロフィールなんかが書かれたページのことだ。

よく見ると、二冊の本にはひとつだけ違いがあった。秋間さんが持ってきたのは、三十年以上前に発行された初版本で、図書館の本は、それから一年後に発行された第二版だったのだ。

「第二版を発行するときに、中身を入れ替えたっていうことですか？」

わたしが顔をあげて聞くと、

「これにはちょっと事情があってな……」

秋間さんはお茶をごくりと飲んで「苦いな」と顔をしかめてから話し出した。

秋間さんによると、この本の初版が発行されたとき、第四話で使われている時計を使ったトリックが、あるミステリー小説のトリックと同じではないかという指摘があったらしい。

「この本の作者は、偏屈な奴でな。その小説を読んで真似したわけでもないし、内容も、まったく同じってわけでもなかったんだが、潔しとしなかったんだ」

初版の売り上げは好調で、すぐに重版の話がきたんだけど、作者はこのままのせるわけにはいかないと、第四話をまるまるカットしたのだそうだ。

「そんなことができるんですか？」

わたしがおどろいて聞くと、

「まあ、珍しいケースだな」

秋間さんは苦笑いをした。

通常、重版のときは、誤字脱字や明らかな間違いを訂正する以外は、同じものを発行する場合が多い。

何十年ぶりかに発行し直す場合、新版として文章を大幅に手直しすることはあるが、短期間の重版で話をまるごと入れ替えるというのは、かなり異例のことらしい。

番外編が入っているのは、第四話をカットすると、大幅にページが減ってしまうための、苦肉の策だったそうだ。

美弥子さんは、以前秋間さんから聞いたこの話を覚えていたのだ。

「つまり、同じ本だけど、内容が変わったっていうこと？」

わたしが聞くと、美弥子さんは「そうね」といって、それから「でも、どうしようかしら……」と首をかたむけた。

「うちの図書館には第二版しかないし、ほかの図書館から取り寄せても、初版があるとは限らないし……」

「だったら、取り置きしといてやるから、開館日にここに来るよういっときな」

秋間さんが大きな口でシュークリームにかぶりつきながらいった。

「そういえば、今日は開館日じゃないんですよね」

わたしは、玄関に〈閉館日〉のプレートがかかっていたことを思い出しながらいった。

「まあ、そうだな」

今日は個人的な相談事だったので、美弥子さんがお願いして開けてもらったらしい。

「そっかあ……」

わたしは肩を落とした。

「どうしたの？」

「せっかくだから、わたしも何か借りて帰りたかったな、と思って……」

また開館日に出直せばいいんだけど、うちからちょっと離れてるし、なにより、これだけの本を目の前にして手ぶらで帰るのは、好きなものだらけのバイキングで、お腹をすかせて帰るようなものだった。

わたしが物欲しそうに本棚を見上げていると、

「だったら、これを持って帰りな」

秋間さんは畳の間の隅に積まれた本の中から、一冊の文庫本をわたしに差し出した。

「え？」

反射的に受け取って、わたしはびっくりした。タイトルは『横紙やぶりの佐平太（さへいた）』。表紙では、法被（はっぴ）みたいな服を着た男の人が、腰に手を当てて胸を張っている。

どう見ても、大人向けの時代小説だ。

「ん？　読んだことあるか？」

わたしがぶんぶんと首を振ると、秋間さんは唇の端をあげてにやりと笑った。

「だったら、だまされたと思って読んでみろ。食べ物でも読み物でも、食わず嫌いはよくないぞ」

「はあ……」

本を押し売りする図書館なんて初めてだな、と思っていると、それが顔に出たのか、

「ここはおれの図書館だからな。おれが貸したい本を貸したいやつに貸すんだ」

秋間さんはそういって、はっはっは、と豪快に笑った。

結局、『佐平太』シリーズの文庫本を三冊借りて、わたしは美弥子さんといっしょに秋間文庫をあとにした。

「秋間さんって、どういう人なの？」

わたしがあらためてたずねると、

「もともとは、公立図書館の司書さんをされていたんだけどね……」

駅までの道を並んで歩きながら、美弥子さんは話し出した。

「定年後も、そのまま図書館で非常勤勤務を続けながら、大学の特別講義を引き受けていたの」

美弥子さんが知り合ったのは、その特別講義のときだったらしい。

「それじゃあ、本当に先生だったんだね」

「まあね」

美弥子さんはフフッと笑った。

「だけど、ずっと前から、自分だけの図書館をつくりたかったらしくて、去年の三月に全部の仕事をすっぱりやめて、秋間文庫を開く準備を進めてたのよ」

そして、去年の秋、廃業した駄菓子屋を買い取って、〈秋間文庫〉をオープンしたのだ。

「自分が置きたい本を置いて、気に入った相手に貸したい本を貸す、自分勝手な図書館を開くのが夢だったんですって」

美弥子さんはそういって、クスクスと笑った。

たしかに、普通の図書館では、本の相談にはのってくれるけど、

「黙ってこれを借りていけ」

なんていわれることはない。

「……いいなあ」

好きな相手に、好きなように本をすすめる仕事が、なんだかすごくうらやましく思えた。

「あら、めずらしい」

その日の夜。晩ご飯のあと、わたしがリビングで『佐平太』の二巻目を読んでいると、お母さんがわたしの手元をのぞきこんだ。

「時代物を読んでるの？」

「うん。ちょっと、すすめられて……」

わたしが秋間文庫の話をすると、

「その人の話、美弥子から聞いたことあるわ」

お母さんはお茶を入れながら、懐かしそうに目を細めた。

「大学で図書館学の授業をとってたとき、すごく面白い先生がいるっていってたの」

秋間さんの授業は、年に一回、夏休み前の集中講義のときだけで、学生は卒業までに一回受ければいいんだけど、美弥子さんは単位とか関係なく、毎年受講していたらしい。

「それで、どうだった？」

本を指さすお母さんに、

「面白かった」

わたしは即答した。

横紙破りというのは、いまでいうアウトローというか、無理を通そうとする人のことなんだけど、佐平太の場合は困っている町の人を助けるために、偉い人のつくった決まりを破ろうとするのだ。

　時代物は、子ども向けしか読んだことがなかったので、難しい言葉とかがいっぱい出てくるのかなと思っていたんだけど、意外と読みやすかったし、最近のものを昔っぽく取り入れていたりして（町の広場に立てられた、みんなが愚痴を書き合う掲示板を『呟板』と書いて『ついた』と読んだり、オランダ料理を出す美味しいお店の名前が『美酒蘭』だったりしたのは笑ってしまった）、楽しくて一気に読んでしまった。

「だけど、どうしてこの本をわたしにすすめたんだろう」

　わたしは本を手に首をかしげた。

　たしかに面白かったけど、秋間さんとは初対面で、わたしの好みも趣味も知らないはずだ。わたしがそういうと、

「知らないから、すすめられたんじゃない？」

　お母さんは、わたしの前に湯飲みを置きながらいった。

「知らないから？」

「しおりのことを知らないから、先入観なしに、自分が面白いと思うものをすすめることができた。しおりにとっては、それが新鮮だったのよ」

　そういえば、安川くんも冬休みに借りた福袋の本を「自分では絶対に選ばなそうな本が入っていて、面白かった」といっていた。

いつもは自分で選んだり、美弥子さんにおすすめを聞いたりしているけど、たまには知らない町の、知らないお店にフラッと入ってみるような、そんな本の旅も面白いかもしれない。

今度、本を返しにいったときは、もっとゆっくりと本棚を眺めてみよう——そう心に決めながら、わたしは本の続きに目を落とした。

秋間文庫を訪ねてから三日が経った、木曜日の放課後。

『佐平太』をリュックに詰めたわたしは、電車賃の入った財布と、お母さんからもらったお古の腕時計を持って家を出た。

いつもは家と学校と図書館を行ったり来たりするだけなので、ひとりで電車に乗るのは珍しい。

秋間文庫に到着したわたしは、〈本日開館日〉のプレートのかかった引き戸を、ガラガラと開けた。

狭い通路では小学校低学年から中学生くらいまでの数人のお客さんが、熱心に本を選んでいた。

「こんにちは」

わたしがまっすぐに畳の間に向かうと、ちゃぶ台の上で書きものをしていた秋間さんが、顔をあげて片方の眉をあげた。

「おう、お前さんか。今日はひとりか？」

「はい」

わたしは小さくお辞儀をして、リュックから本を取り出した。

「お借りしてた本を返しにきました」

「どうだった？」

秋間さんは、本の表紙に目もくれずにわたしを見た。

「すごく面白かったです」

わたしが素直に答えると、秋間さんの表情がゆるんだ。

一巻で町の商人の陰謀を暴いた佐平太は、二巻では寺子屋——いまでいう小学校に通う子どもたちといっしょに、大規模な窃盗団をやっつけるんだけど、スマホの代わりに糸電話で通信したり、ドローンはないけど、凧を使って空から追跡したりするところに感心した。

三巻目はお寺で開かれた百物語が舞台になって、不思議な力を持つ黒猫が出てくるんだけど、どうやら次の巻でも、この黒猫が活躍しそうなので、続きが楽しみだ。

「続きはありますか？」

「あるけど、その前に、一応登録しといてもらおうか」

秋間さんはそういって、ちゃぶ台の上に申し込み書を置いた。

住所と名前、それから保護者の名前と連絡先を書いて、カードをつくってもらう。貸出冊数は五冊までで、期限は二週間。ほかに希望者がいなければ、同じ本を繰り返し借りても構わない――一通りの説明を受けると、わたしは通路におりて、本棚を見上げた。

雲峰市立図書館で読んだことのある本もあるけど、初めて見る本もたくさんある。わたしは気になったタイトルの本を手にとると、入り口近くに置かれた丸椅子に座って、さっそく読みはじめた。

『月に還る猫』は、「猫はもともと月の生き物で、地球上で亡くなった猫たちは、みんな月の裏側に還っていく」という伝説と、それをたしかめるために宇宙飛行士を目指す少女の物語だ。主人公の少女が、病気の猫に月での再会を約束している場面で、わたしがうるうるしていると、

「おい、お前！　なにしてる！」

秋間さんの怒鳴り声が聞こえてきた。

顔をあげると、本棚の前で中学生くらいの男の子が、深緑色の本をスポーツバッグに半分入れかけた状態でかたまっていた。

秋間さんがちゃぶ台をひっくりかえしそうな勢いで立ち上がり、同時に男の子が本を手に持ったまま、こちらに向かって走り出す。

「こら、待て！」

畳の間からおりようとした秋間さんが、段差を踏み外して、その場にうずくまった。

わたしはとっさに、男の子の進路をふさごうと立ち上がったんだけど、

「どけっ！」

男の子に突き飛ばされて、丸椅子ごと床に転がった。

男の子が引き戸を開けて、外へと飛び出していく。

「おっと」

ちょうど引き戸の前に立って、中に入ろうとしていた女性が、あわてて飛びのいた。

その人の顔を見て、わたしはおどろいた。

「溝口さん！」

「しおりちゃん。どうしたの？」

溝口さんは、椅子ごと倒れているわたしを見て、目を丸くした。

「万引きです！」

わたしが立ち上がって、追いかけようとすると、

「いまの子ね？」

溝口さんが確かめるようにいって、返事を待たずに走り出した。

男の子の後ろ姿はずいぶん小さくなっていたけど、ミニスカートにロングブーツの溝口さんは、すごい勢いでどんどん距離を縮めていく。

途中で後ろを振り返った男の子が、溝口さんに気づいて、本を投げつけた。

「きゃっ！」

溝口さんが、とっさに腕で顔をかばう。

その隙に、男の子は角を曲がって姿を消してしまった。

「溝口さん、足速いですね」

本を手にして戻ってきた溝口さんに、わたしが声をかけると、

「スニーカーだったら追いつけたのに……」

溝口さんは息を切らしながら、悔しそうにいった。

「それより、いったいなにがあったの？」

「それが……」

振り返ったわたしは、

「秋間さん！」

と悲鳴をあげて、店の中にかけこんだ。

通路の奥で、秋間さんが足を抱え込むようにして、うめき声をあげていたのだ。

「大丈夫ですか？」

「ああ、だいじょ……あいててて……」

立ち上がろうとした秋間さんは、またすぐに顔をしかめてうずくまった。

「足をくじいたみたいね」

いつの間にかそばに来ていた溝口さんが、

「車を回してくるから、ちょっと待ってて」

そういうと、さっきと同じくらいの勢いで飛び出していった。

「しおりちゃんから連絡をもらったときは、びっくりしましたよ」

美弥子さんはそういうと、にっこり笑ってサイドテーブルにシュークリームの箱を置いた。

「まったく、年はとりたくねえなあ……」

ベッドの上で上半身を起こした秋間さんが、さびしそうな笑みを浮かべる。

万引き騒動の翌日。

わたしは早番で仕事が終わった美弥子さんといっしょに、秋間さんのお見舞いにきていた。

高台の上に建つ総合病院の四階の窓からは、夕陽が町を赤く染めはじめているのが見える。

昨日、コインパーキングから車を回してきた溝口さんは、秋間さんを近くにあるこの総合病院に運び込んだ。

さいわい骨に異常はなかったけれど、年齢のこともあるし、この機会にほかのところも検査しておこうということで、そのまま二、三日、入院することになったのだ。

「あのとき、よく万引きに気づきましたね」

　ベッドの横にある丸椅子に座りながら、わたしが秋間さんにいうと、

「うちに入ったときから、なんとなく目つきが気になってたからな」

　秋間さんはさっそくシュークリームに手を伸ばしながら答えた。

　秋間文庫に入ってきた男の子は、本棚をザッと見渡すと、一冊の本を取り出して、スマホで何かを調べ出した。

「あれは本を選ぶ目じゃない。値踏みをする目だ」

　口のまわりにクリームをつけながら、秋間さんはいった。

　そのあとも、男の子は本を手にとってはスマホを操作する、という動作を繰り返した。

　だから、秋間さんはあの子の行動に、ずっと注意していたのだ。

　男の子がバッグに入れようとしていたのは、海外のファンタジー小説の愛蔵版で、もともと何千円もするんだけど、いまではほとんど手に入らないので、愛好家の間では数万円で取引されているらしい。

「欲しいってやつがいるんだから、本に定価よりも高い値がつくのは、分からなくもない。だが、万引きは許せねえ。万引きのせいで、本屋や古本屋がいったい何軒つぶれたことか……」

　顔を赤くして、拳を振り上げる秋間さんを、

「あの……あまり興奮しない方が……」

　美弥子さんがなだめていると、

「おじいちゃん、具合どう？」

病室のドアから、溝口さんがひょこっと顔を出した。

「ああ、あんたか……いろいろと、世話になったな」

秋間さんが拳をおろして、深々と頭を下げる。

溝口さんは、昨日、秋間さんを病院に送ったあとも、一人暮らしの秋間さんのため、入院の準備や秋間文庫の後片付けに走り回ってくれたのだ。

「困ったときはお互い様。それに、わたしも探してた本が見つかったし」

溝口さんはくったくなく笑うと、首をひねって、不思議そうにいった。

「それにしても、あの男の子、どうするつもりだったのかしら。図書館の本ってことは見れば分かるんだから、売ったりはできないでしょ？」

「うちの本は、ラミネートしてねえやつもあるからなあ」

秋間さんがため息交じりにつぶやく。

ラミネートというのは、図書館の本にかかっているビニールのカバーのことで、これをつけるためには専用の機械がいる。

秋間さんのところにも、一応機械はあるんだけど、とてもひとりで全部の本にラミネート処理をするのは不可能だ。

そこで、本の底と裏表紙を開いたところに〈秋間文庫〉とゴム印を押しているんだけど、どちらも時間をかければ、ある程度は消したり、薄くすることができるらしい。

「古本屋が見れば一発で分かるんだが、最近はネットを使って、オークションサイトに直接出品するやり方が流行っているみたいでな……」

秋間さんが苦虫をかみつぶしたような表情でいった。

以前、図書館の本を無断で持ち出す不明本の話を聞いたとき、図書館はだれでも無料で使えるのに、どうしてそんなことをするんだろうと思った。

だけど、その無料の本を使って、お金を稼ごうとする人もいるのだ。

悲しいのと腹が立つのとで、わたしが大きなため息をついていると、

「しかし、まいったな……」

秋間さんが顔をしかめて、頭をがしがしとかいた。

「取り置きの本もあるし、土曜日しか来られないやつもいる。文庫を休むわけにはいかないんだが……」

美弥子さんも、来週なら仕事の都合をつけて店番することができるけど、明日の土曜日はどうしても休めないらしい。

そんな二人のやりとりを聞いていた溝口さんが、とつぜん手を挙げていった。

「あの……よかったら、わたしが店番しましょうか？」

え？　という顔で、二人が溝口さんを同時に見る。

溝口さんは、にこっと笑って、

「ちょうど明日は休みだし……それに、昨日はバタバタしてて、ほかの本を全然見られな

かったから」

といった。

「店番しながら、本を選んでもいいんでしょ？」

「ああ、それはかまわんが……」

秋間さんがつりこまれたようにうなずくのを見て、

「だったら、わたしも手伝います」

わたしも元気よく手を挙げた。


土曜日の朝、九時半ちょうどにわたしが秋間文庫に到着すると、溝口さんは先に来て、開館の準備をはじめていた。

「おはよう、しおりちゃん」

「おはようございます。すみません、遅くなっちゃって……」

「大丈夫。わたしもいま来たばかりだから」

溝口さんはそういって笑ったけど、いま来たばかりにしては、暖房がよく効いている。

わたしはリュックをおろすと、さっそくお手伝いをはじめた。

本棚の本をきれいに並べ直して、通路の丸椅子を整理すると、畳の間で溝口さんといっしょにマニュアルを開く。

昨日、秋間さんに聞いた貸出や返却の手続きの流れを、溝口さんがまとめてくれたものだ。

秋間文庫は公立の図書館とは違って、本にバーコードはついてないし、もちろんバーコードリーダーもない。

貸出記録を管理しているのは、ルーズリーフをとじた一冊の青いバインダーと、ボールペンだけだった。

利用者が登録すると、バインダーにその人のページができるので、借りるときは、その人のページに日付と本のタイトルを書いて、返却されたら、返却日のところに日付を書き込むのだ。

昨日、病室でその説明を受けたとき、

「えー、手書きなんですか？　パソコンにすれば楽なのに……」

不満そうにいう溝口さんに、

「なにいってるんだ」

秋間さんは笑って答えた。

「ジグソーパズルが大変だからといって、画像を全部読み込んで、プログラムを組んで、自動的に組み立ててもらうやつがいるか？　おれにとっては、この手間が楽しいんだよ」

ちなみに公立の図書館の場合、本を返却した時点で貸出記録が消えてしまうので、過去に何を借りたのか、図書館の人でも調べようがないんだけど、秋間文庫ならすぐに確認できる。

　実際、自分がなにを借りたのか知りたいというお客さんは、けっこう多いらしい。

「でも、それってわたしたちが見てもいいんですか？」

　借りた本の記録というのは、すごく重要な個人情報のはずだ。それを、臨時のお手伝いであるわたしたちが見てもいいのかな、と思ったんだけど、

「あんたらも、図書館に新しい司書が入るたびに、この司書に借りる本を見られてもいいかって確認されたりはしないだろ？　今回は秋間文庫で正式に店番を頼むから、いいんだよ。まあ、給料は出ないけどな」

　秋間さんはそういうと、「はっはっは」と豪快に笑ったのだった。

　手順の復習を終えると、わたしたちは表に秋間さんが書いてくれたお知らせの紙を貼った。


「館長不在のため、本日は臨時館長と臨時副館長に全権を委任します。秋間」


　最後に〈開館中〉のプレートをかけて、畳の間に戻る。

　ちゃぶ台の前に座って、ホッと一息ついていると、壁の時計が、ボーン、ボーン……と十時を鳴らした。

　時計が鳴り終わるのと同時に、すりガラスの向こうに小さな黒い影がいくつもあらわれ

て、勢いよく引き戸が開く。

「おはよー！　あれ？　秋間のじいちゃんは？」

先頭で入ってきたのは、中学年くらいの、スポーツ刈(が)りの男の子だ。

その後ろから、同年代の男の子たちが次々と入ってくる。

「あなたたち、入り口の貼り紙を見てないの？」

溝口さんがあきれて声をかけると、みんないっせいに外に飛び出して、またすぐに戻ってきた。

「じいちゃん、どうしたんだ？」

スポーツ刈りの子が代表して聞いてきたので、溝口さんは、万引きのことをぼかして簡単に事情を説明した。そして、

「来週には元気に戻ってくるから、心配しないでね」

というと、男の子たちはようやく安心したのか、本棚の前にちらばった。

さっそく借りる本を決めた子が、返却する本といっしょに持ってくる。

わたしと溝口さんが、手分けして返却と貸出の手続きをしていると、

「じいちゃんが、次来るまでに本を用意しとくっていってたんだけど……」

眼鏡をかけた背の高い男の子が、利用者カードを差し出しながら申し出た。

「え？　えっと……ちょっと待っててね」

バインダーを見ると、その子のページに本のタイトルが書かれた付箋(ふせん)が貼ってあった。

わたしが畳の間の奥にある小さな本棚から、『鬼がくれの庭』というちょっと怖そうな本と、『雪やんま』という真っ白な表紙の本を持ってくると、男の子の目がキラキラと輝いた。

どうやらこれが「取り置き本」のようだ。

そのあとも、三人に一人くらいの割合で、バインダーに付箋が貼ってある人がやってきて、

『さよならナポレオン』

『こちら糸でんわ株式会社』

『思い出の正しい忘れ方』

『演じる者は救われる』

面白そうなタイトルの本が、次々と目の前を通り過ぎていく。

男の子たちが帰っていってからも、ひっきりなしにお客さんがやってきた。

小学生が一番多かったけど、赤ちゃんを抱っこしたお母さんや、秋間さんよりも年上に見えるおばあさんなんかもいて、オープンしてわずか半年で、すっかり地元になじんでいるみたいだ。

返却と貸出を繰り返し、ときにはお客さんと本の話で盛り上がったりしているうちに、あっという間に時間が過ぎて、ようやくお客さんの姿が見えなくなったときには、閉館十分前になっていた。

「お疲れさま。一息いれようか」

溝口さんがお茶の用意をはじめたので、わたしが返却された本を棚に戻して、畳の間に向かおうとしたとき、カラカラカラと控えめな音をたてて引き戸が開いた。

「いらっしゃいませ」

声をかけながら振り返ると、白いコートを着た女の人が、入り口のところで不安そうに中をのぞきこんでいた。

年齢は、溝口さんより少し上だろうか。ちょうどお母さんくらいの年代に見える。

どうしたんだろう、と思っていると、

「あの……秋間文庫というのは、こちらでしょうか？」

女の人はそういって、わたしと溝口さんの顔に視線を往復させた。

「はい、そうです。ご利用は初めてですか？」

わたしが、今日何度か繰り返した台詞を口にすると、

「これは、こちらの本でしょうか……」

女の人は手にしていたトートバッグから、ソフトカバーの本を取り出した。

タイトルは『七番目の少女』。

表紙では、セーラー服の女の子が、こちらをすこし振り返りながら夜の学校へと歩いていく姿が描かれ、本の底には〈秋間文庫〉のゴム印が押されていた。

「はい、ここで貸し出した本だと思います」

答えながら、わたしは一瞬、この間の万引き事件を思い出した。

もしかして、万引きされた本が、どこかの古本屋に持ち込まれたんじゃ……と思っていると、

「この本が、うちの子の勉強机に置いてあったんです」

女の人はそういって、利用者カードを差し出した。

「この子なんですけど……今日、こちらに来てませんか？」

〈吉崎孝弘〉と書かれたカードを前に、わたしが首をひねっていると、

「これはお子さんのカードですか？」

いつのまにかそばに来ていた溝口さんが、横からのぞきこんでたずねた。

「はい。さっき、塾にいってないと聞いて、あわてて部屋を見にいったら、このカードと本が机の上に……」

女の人は思いつめたような表情を浮かべて早口でしゃべっているが、なんのことか事情がよく分からない。

「あの……どういうことでしょうか？」

落ち着いた口調で問いかける溝口さんに、

「息子が家出をしたみたいなんです」

女の人が泣きそうな声でいったとき、壁の時計が、ボーン、ボーンと十二時を告げた。

わたしが表のプレートを〈閉館日〉にして戻ってくると、畳の間では女の人が、ちゃぶ台の前にうつむいて座っていた。

「どうぞ」

溝口さんがコトリと湯飲みを置く。

「ありがとうございます」

女の人は小さく頭を下げた。だけど、手はひざの上でギュッとスカートを握りしめたままだ。

わたしが溝口さんのとなりに腰をおろすと、女の人はふと顔をあげて、本棚を見上げた。

「ここって、図書館なんですか？」

「はい。私設の図書館です」

秋間文庫について簡単に説明して、その流れでわたしと溝口さんが自己紹介をする。

「それで、家出ってどういうことですか？」

溝口さんが優しく声をかけると、女の人はお茶を一口飲んでから、小さな声で話し出した。

女の人は吉崎さんといって、市内の病院で看護師さんをしている。

ひとり息子の孝弘くんは、病院の近くにある小学校に通っていて、現在、わたしと同じ五年生だ。

孝弘くんは四年生のときから、駅前にある大手の進学塾に通っていて、今日は月に一度の学力テストのために、朝から出かけていた。テストは二教科のみで、十一時すぎには終わっているはずなのに、なかなか帰ってこない。

本人に持たせたキッズスマホに電話をしてもつながらないので、塾に連絡すると、「今日は体調が悪いので休みます」と本人から連絡があったといわれた。

わけが分からずに子ども部屋に入ると、机の上に電源を切ったキッズスマホと、秋間文庫の利用者カード、そしてさっきの本がぽつんと置いてあったのだそうだ。

「家出をするような心当たりはありますか？」

溝口さんの問いかけに、吉崎さんは絞り出すような声でいった。

「一週間ほど前、テストの成績があまりに悪かったので、少し強めに叱ったんです。それ以来、ふさぎ気味だったんですけど……」

「学校や塾のお友だちには、聞いてみたんですか？」

わたしが横から声をかけると、吉崎さんはうなだれたまま首を横に振った。

「あまり大騒ぎすると、あとで孝弘が困ると思って、まだ誰にも連絡をとっていません」

孝弘くんはひとりっ子で、お父さんは高校の先生だったんだけど、二年前に離婚して、いまはお母さんと二人で暮らしているらしい。

「あの……立ち入ったことをうかがいますが、その別れた旦那さんのところにいったという可能性は……」

溝口さんが聞くと、

「それはないと思います」

吉崎さんはすぐに答えた。

孝弘くんのお父さんは、いまはかなり遠方に住んでいるのだそうだ。

孝弘くんは、一応財布を持っているけど、それほど大金が入っているわけではない。

「だから、そんなに遠くにはいけないはずなんです」

ほかに思い当たる場所もなく、机に置いてあった本とカードを手掛かりに、秋間文庫にやってきたのだといって、吉崎さんはまた黙ってしまった。

お客さんの中には、本棚を眺めて、貸出も返却もせずに帰っていく人もいるから、絶対にきていないとは限らないけど、もしくるつもりがあるのなら、本はともかく、カードは持ってくるだろう。

わざわざ机の上に置いていったということは、やっぱり本とカードはお母さんへのメッセージなんじゃないだろうか——そう思ったわたしは、ちゃぶ台の上の本に手を伸ばした。

カバーの折り返しに書かれたあらすじによると、『七番目の少女』は、寄宿舎のある女子校を舞台にしたミステリーで、学校の七不思議の最後のひとつ、旧校舎にあらわれるといわれている〈七番目の少女〉の幽霊をめぐって起こる事件を、主人公の女の子と謎の転校生が追いかける、という話のようだ。

「この本から、孝弘くんの行き先として、なにか思いつく場所はありませんか？」

わたしは吉崎さんに聞いた。

吉崎さんはわたしから本を受け取って、真剣な目でページを見つめていたけど、しばらくして、首を大きく横に振ると、長い息を吐き出した。

「分かりません……わたし、あの子のなにを見てたのかしら……」

声を震わせる吉崎さんの姿に、

「ちょっと待っててください」

溝口さんはスマホを取り出して、秋間さんに電話をかけた。

だけど、検査の時間なのか、それとも院内で電源を切っているのか、電話はつながらなかった。

溝口さんは電話をあきらめると、バインダーをちゃぶ台の上に置いた。

「こうなったら、いままでに借りた本も調べてみましょう。どこかにヒントが隠されてるかも……」

そういってページをめくる溝口さんに、

「いいんですか？」

わたしは複雑な気持ちで聞いた。

非常事態なのは分かってるけど、本人に確認せずに貸出履歴を調べることに、ためらいをおぼえたのだ。

だけど、溝口さんはわたしの肩をポン、とたたいて、

「本当はよくないんだけどね。今日はわたしが館長だから、わたしが責任をとります」

そういうと、孝弘くんのページを開いた。

登録は去年の十一月で、それからだいたい週に一回、たいていは火曜の夕方に来て、二、三冊借りて帰っている。

最後に来たのは今週の火曜日。そのときは、二冊の本を返却して、『七番目の少女』だけを借りていったようだ。

ちなみに、そのとき返却した本のタイトルは、『ロシアの民話』と『コル・スコルピオ』。

『七番目の少女』も含めて、わたしはどれも読んだことがなかった。

さらにその前の履歴を見ると、『冬の狩人』、『蛍火』、『宙のクジラ』と、短めのタイトルが続いている。

わたしたちは手分けして、孝弘くんが借りた本を探したけど、ほとんどが借りられていて、棚に残っていたのは『ロシアの民話』と『蛍火』の二冊だけだった。

『ロシアの民話』はタイトル通り、ロシアの民話を集めた本で、『蛍火』は恋愛小説だけど、どうやら日本の神話がモチーフになっているみたいだ。

学校の怪談も、いってみれば伝説みたいなものなので、そういう話が好きなのかな、と思っていると、

「ねえ、これ見て」

溝口さんがスマホを差し出した。

わたしと吉崎さんが横からのぞきこむ。

それは『コル・スコルピオ』を紹介した出版社のサイトで、簡単な紹介文がのっていた。コードネーム〈コル・スコルピオ（サソリの心臓）〉は腕利きのスパイ。ある日、いつものように命令を受けた彼はS国に潜入するが、仲間の裏切りによって絶体絶命の危機に――という国際謀略サスペンスで、民話とは全然関係なさそうだ。

借りた本から行き先を推理するのは、やっぱり無理なのかなあ、と思っていると、『ロシアの民話』を読んでいた溝口さんが、

「もしかして……」

とつぶやいて、スマホで何かを調べはじめた。

「なにか分かったんですか？」

わたしが声をかけると、

「ひとつの可能性なんだけど……」

溝口さんはスマホの画面をこちらに向けて、吉崎さんに聞いた。

「息子さん、塾にいかずに、ここに向かったっていうことは考えられませんか？」

戸締りをして秋間文庫を出ると、わたしたちは溝口さんの車に乗った。向かったのは、ひとつとなりの駅にある県立科学文化会館――通称オレンジホールだ。

科学の体験学習ができる科学館や、コンサートが開かれるイベントホールなんかが入っている総合施設で、わたしも去年、美弥子さんといっしょに、「冬の星座講座」という公開講座を受講しにきたことがある。

五分ほどで到着して、駐車場に車を停めると、わたしたちはオレンジ色をした建物の中に入って、館内のプラネタリウムへと向かった。

孝弘くんが秋間文庫で借りた本に、星座という共通点があることに気づいた溝口さんが、秋間文庫の近くにプラネタリウムがあることを思い出して、向かってみることを提案したのだ。

『ロシアの民話』にのっていた「金のひしゃく」は、幼い女の子が熱を出したお母さんのために、ひしゃくで水をくみにいく話で、ロシアではそのひしゃくが天にのぼって、北斗七星になったと言い伝えられている。

サソリの心臓を意味する『コル・スコルピオ』は、さそり座の赤い一等星、アンタレスのことだし、『冬の狩人』はギリシア神話に登場する狩人で、冬の星座でもあるオリオン座を意味していた。

日本神話では星のことを『蛍火』と呼んでいて、『宙のクジラ』のあらすじをネットで調べると、夜空にのぼってくじら座になろうとしたクジラの話だった。

溝口さんも、全部の話を知っていたわけではないけど、「金のひしゃく」とサソリの心臓になんとなく覚えがあったので、そこからキーワードをしぼって、ほかの本も調べていったところ、すべて星に関係していたことが分かったのだ。

もちろん、星座に興味を持っているからといって、プラネタリウムに来ているかどうかは分からない。だけど、溝口さんの話を聞いたとき、吉崎さんにもなにか思い当たるところがあったみたいで、すぐに上映時間を調べてやってきたのだった。

プラネタリウムは、ちょうど上映が終わって、家族連れやカップルたちが、両開きの扉から続々と出てくるところだった。

その中に、さっき吉崎さんに見せてもらった写真の男の子を捜しながら、わたしは車の中で聞いたすばるの伝説を思い出していた。

すばるは、おうし座のあたりに見られるプレアデス星団の日本の呼び名で、ギリシア神話では七つの星に七人の乙女の名前が付けられている。

だけど、肉眼で見えるのはたいてい六つまでで、七人目の乙女は、悲しみのあまり顔を伏せているために見えないらしい。

どうして悲しんでいるのかについては、いくつかの説があるんだけど、『七番目の少女』は、その七人目の乙女をモチーフにしたミステリーだった。

孝弘くんは、なにが悲しくて顔を伏せてしまったのだろう、と思っていると、

「孝弘！」

吉崎さんが悲鳴のような声をあげた。

その声に、リュックを背負ってとぼとぼと出てきた男の子が、ハッとして顔をあげる。

「お母さん」

一瞬遅れて、男の子の目が大きく見開かれた。

まさか、お母さんが待っているとは思わなかったのだろう。

その場に足を止める男の子に、吉崎さんがかけ寄って抱きしめる。

おどろきにかたまっていた男の子の表情が、ぐにゃりと歪(ゆが)んで、その目から大粒の涙がこぼれ落ちた。

わたしたちは顔を見合わせると、その場をそっと離れて、建物の外に出た。

「とりあえず、秋間文庫に戻ろっか」

駐車場に向かってぶらぶらと歩きながら、溝口さんがいった。

「わたし、まだ自分が借りる本を選んでないんだよね」

「あ、わたしもです」

思ったよりも忙しくて、ゆっくりと本を見る時間がなかったのだ。

わたしは並んで歩きながら、溝口さんに声をかけた。

「溝口さんって、星座に詳しかったんですね」

「昔、ちょっと好きだった時期があってね」

溝口さんは照れ笑いを浮かべて、足を止めると、わたしの顔をのぞきこんだ。

「しおりちゃん、アルデバランって知ってる？」

「アルデバラン？」

なんだか呪文みたいな名前だな、と思いながら、わたしが首を横に振ると、

「おうし座の一等星なんだけどね……」

溝口さんはふたたび歩き出しながら話しはじめた。

アルデバランはすばると同じ、おうし座にある一等星で、すばるが夜空にのぼると、それを追いかけるように後からのぼってくる。

それがまるで、すばるの後を追いかけているように見えたので、〈後に続くもの〉という意味の〈アルデバラン〉という名前がつけられたのだそうだ。

「へーえ」

わたしは感心の声をあげた。

「そんな意味があったんですね」

「そうなの。そのアルデバランっていう星ね……」

溝口さんは振り返ると、オレンジホールの建物を見上げて微笑んだ。

「すごくきれいな、オレンジ色をしているの」


「退院、おめでとうございます！」

美弥子さんが差し出した花束を、秋間さんはなんだか笑顔をかみ殺すような、複雑な表情で受け取った。どうやら照れているようだ。

「ありがとよ」

秋間さんの言葉に、拍手が起きる。

木曜日の夕方。

無事退院した秋間さんをお祝いして、閉館後に、ささやかなパーティーを開くことになったのだ。

参加者は主役の秋間さんと、わたし、溝口さん、そして美弥子さんだ。

「そういえば、今日、家出少年が母ちゃんといっしょにあいさつにきてたぞ」

切り分けたケーキにさっそくフォークをつきたてながら、秋間さんがいった。

家出騒動については、その日のうちに秋間さんに報告してあったけど、わたしも詳しい事情は聞いていなかった。

吉崎さんが秋間さんに話したところによると、もともと星に興味があった孝弘くんは、最近になって、地元の中学校が天文部に力を入れていることや、志望校に天文部がないことを知って、受験を迷うようになっていた。

だけど、一生懸命働いて塾代を出してくれているお母さんに、受験したくないとはいい出しにくい。

もともと、星に興味を持ったきっかけが、地学教師だったお父さんの影響だったこともあって、星や星座が好きなことを、お母さんにずっと隠してきたらしい。

「そこに、成績が落ちて怒られたこととか、いろいろ重なって、心が疲れたんだろうな。

気が付いたら、足がオレンジホールに向かってたんだってよ」

孝弘くんは、オレンジホールの公衆電話から塾に連絡すると、プラネタリウムの一回目の上映を観にいった。

上映が終わって、いったん外に出たけど、もう塾にもいけないし、家に帰る気にもなれない。

結局そのまま二回目の上映も観て、出てきたところに吉崎さんが待っていたのだ。

ちなみに、ちょうどそのとき病院で検査を受けていた秋間さんは、午後になってお見舞いにきた溝口さんから孝弘くんの話を聞くなり、

「ああ、あの星座マニアの少年か」

すぐにそう返したらしい。

「あの本は、秋間さんが孝弘くんにすすめたんですか？」

美弥子さんに聞かれて、秋間さんは二切れ目のケーキに手を伸ばしながら、

「半分はな」

と答えた。

秋間さんの話によると、『ロシアの民話』と『冬の狩人』、『宙のクジラ』は孝弘くんが自分で調べて借りにきた本で、『蛍火』と『コル・スコルピオ』、『七番目の少女』が秋間さんの「取り置き本」だったのだそうだ。

「途中で『こいつは星座マニアだな』と思ったから、小学生が読んでなさそうなのをすす

めていったんだよ」

秋間さんはそういって笑った。

「それで、孝弘くんは、受験はどうすることになったんですか?」

わたしがみんなの顔を見回しながらたずねると、

「受験するってよ」

秋間さんが答えた。

「そうなんですか?」

溝口さんがちょっと身を乗り出すようにして声をあげる。

「でも、天文部はないんでしょ?」

「なけりゃあ、つくればいいじゃねえか。おれは中学校で、入りたかったクラブがなかったから、自分で立ち上げたぞ」

秋間さんはそういって、スパークリングジュースをごくりと飲むと、にやりと笑って続けた。

「——そういったら、家出少年、目を丸くして『そんなことができるんですか?』っていうから、『できるかじゃなくて、やるんだよ』っていってやったんだ」

それを聞いた孝弘くんは、受験することを決心したらしい。

「まあ、試験なんてやってみないと分からねえからな。だめならだめで、そのときに考えればいいんだ」

命までとられるわけじゃねえんだし——秋間さんはそういって、ケーキをぱくりとほおばった。

「あの……ちなみに、なんのクラブをつくったんですか？」

わたしの問いに、秋間さんは「決まってるだろ」といった。

「読書クラブだよ」


ささやかなパーティーが終わって、外に出ると、薄闇に包まれた空にはちらほらと星が見えはじめていた。

昔の人は、あの星に形を見つけて、物語を読み取った。

同じ星空を前にしても、そこにどんな形を読み取るかで、出来上がる物語は全然違ってくる。

同じ本棚を前にしても、本を盗もうとする子もいれば、口にできない思いを本にたくそうとする子もいる。

星でも本でも、目の前にあるものから何を読み取るかは、自分次第なのだ。

わたしはこれから、どんな星座を描いていくんだろう——そんなことを思いながら、わたしは楽しそうにおしゃべりしながら歩いている、溝口さんと美弥子さんの間に飛び込んでいった。

第五話

夢のかたち

「クロネコ座はどこですか？」

満天の星を見上げながら、ぼくがたずねると、もふもふとしたしっぽを持つ白猫の館長さんは、短い前足をまっすぐに伸ばして、

「あのあたりだよ」

といった。

ぼくは冬のキンとした夜空に目を凝らしたけど、クロネコの姿はどこにも見当たらない。

そんなぼくの様子に、館長さんは、じまんのヒゲをピン、と引っ張ると、

「見えないよ。だって、クロネコなんだから」

そういって笑った。

ここは、世界の東の果てにある、しののめ村のしののめ科学館。

世界にひとつだけのプラネタリウムをつくるため、珍しい星座を求めて世界中を回っていたぼくは、ここからしか見えない星座があると聞いて、旅の途中で立ち寄ったのだ。

電車とバスを乗り継いで、ようやく科学館に着いたときには、まっかな夕陽が西の空に沈もうとしているところだった。

ぼくがクロネコ座を見にきたことを告げると、館長さんはにこにこしながら、まだ時間

が早いからと、村の名産のきのこ鍋で歓迎してくれた。

デザートになつめぐパイとレンゲのコーヒーをいただきながらおしゃべりしていると、あっという間に夜は更けて、館長さんはぼくを、科学館のとなりに建つ〈星見の塔〉に連れていった。

らせん階段をぐるぐるとのぼって、屋上に出ると、ぼくは「わっ」と声をあげた。

そこはまるで、星の海に飛び込んだみたいに、無数の星に包まれていたのだ。

だけど、楽しみにしていたクロネコ座が見えないのは残念だった。

たしかに、相手はクロネコなのだから、夜空に浮かんでしまえば見えるわけがないんだけど……。

ぼくが肩を落としてしょんぼりしていると、

「がっかりするのは、まだ早いよ」

館長さんは微笑みながら、東の空を指さした。

すると、夜空にとつぜんふたつの切れ目が入って、まるでまぶたが開くように、金色の猫の目があらわれた。

ぼくが言葉を失っていると、館長さんはふっふっふと笑って、

「クロネコ座は、見られる星座じゃなくて、向こうが見てくる星座なんだよ」

といった。

クロネコ座はしばらくの間、ぼくたちを不思議そうに見つめていたけど、やがて目の下

に大きな口が開いて「にゃーお」と鳴いた。

その大地を揺るがすような大きな声に、塔がぐらぐらと揺れる。屋上から放り出されそうになったぼくは、あわてて手すりをつかんで——。


目を覚ますと、わたしはベッドの端で、しっかりとシーツをつかんでいた。

ベッドの下には、昨夜、寝る前に読んでいた『星々のお茶会』が落ちている。

旅人のぼくが、世界にひとつだけのプラネタリウムをつくるため、世界中の星座を見てまわる物語は、ちょうど半分を少し過ぎたところだった。

わたしは起き上がると、枕元で「にゃーお」と鳴いているクロネコ型の目覚まし時計を止めた。

お母さんが、取材にいった先の猫グッズ専門店でもらってきた試作品で、猫の鳴き声なんかで目が覚めるのかなと思ってたんだけど、ちょうど読んでいた本の内容とシンクロしたこともあって、効果は絶大だった。

あくびをしながらリビングに顔を出すと、お母さんがテーブルで原稿を前に頭を抱えていた。

「締め切り?」

自分の分のピザトーストを焼きながら、わたしが声をかけると、

「そうなのよ。この間、ちょっと変わったおひな様の取材をしてきたんだけどね……」

お母さんはため息をついた。

地元の古い風習と絡めて、短くまとめないといけないんだけど、難航しているらしい。

焼きあがったトーストと牛乳を手に、お母さんの向かいに座りながら、わたしは聞いてみた。

「ねえ、お母さんは小学生のとき、何になりたかったの？」

「え？」

お母さんは、しゃっくりみたいな声を出して顔をあげた。

「急にどうしたの？」

「宿題」

わたしはピザトーストにかぶりついて答えた。

「『将来の夢』っていうテーマで、作文を書かないといけないの。それで、まずは身近な人に話を聞いてみなさいって」

「そうねえ……」

お母さんは、わたしが生まれたときから編集者で、それ以外の姿を想像できなかったので、

「小学生のころは、獣医さんだったな」

という答えに、ちょっとびっくりした。

出した。


「え？　そうなの？」

獣医さんになりたかったなんて、いままで一度も聞いたことがない。

お母さんは目を細めると、マグカップに手を伸ばして、コーヒーを一口飲んでから話し出した。

「お母さんが子どものころ、家の近くに動物病院があってね。車にはねられた野良猫を、友だちといっしょに、そこに運び込んだことがあったの」

ちょうどいまのわたしと同じ、五年生のときだったらしい。

「あっという間に治療して、泣いてるわたしたちに『もう大丈夫よ』って声をかけてくれた獣医さんが、すごくかっこよくて……。でも、六年生になったらパティシエが主人公の漫画がクラスで流行り出して、卒業文集には、将来はパティシエになりたいって書いたんじゃなかったかな……。そのあとも、保育士さんとか警察官とか、憧れた職業はたくさんあったけど、実際になろうとしたことはなかったなあ」

「それじゃあ、編集者になろうと思ったのはいつなの？」

わたしがあらためてたずねると、

「大学生のとき」

お母さんは、きっぱりと答えた。

当時、お芝居をしていた友だちに誘われて、ある劇団の公演を観にいったお母さんは、その公演のパンフレットに感動したらしい。

「お芝居のあらすじというか紹介文なんだけど……実際のお芝居よりも、その紹介文の方が面白かったの」

そのときの体験がきっかけで、文章でなにかを伝えることに興味を持ったのだそうだ。

「それに、編集者だったら、獣医さんのことも保育士さんのこともお芝居のことも書けるでしょ？　好奇心があっちこっちに飛んでいく自分には、向いてると思ったのよね」

お母さんはそういうと、テーブルの上に身を乗り出して、わたしに顔を近づけた。

「それで、しおりはなんて書くの？」

「どうしようかな……」

コップを両手で包んで、わたしは考えた。

もちろん、一番興味があるのは図書館で働くことだけど、週に何回も図書館に通っていると、大声で怒鳴るお客さんや、本を汚して開き直る人など、怖い部分もたくさん見えてくる。

それに、美弥子さんや天野さんはすごいなあと思う反面、自分があんな風に働けるかとなると、自信がない。

そんな思いをすべてまとめて、ため息にして吐き出すわたしを見て、

「まあ、ゆっくり考えればいいんじゃない？　わたしだって、結局獣医さんにはならなかったわけだし」

お母さんはそういって、わたしの頭をポンポン、とたたいた。

朝ご飯を食べ終えて着替えたわたしは、ベランダに出て、大きく息を吸い込んだ。

三月に入って、最初の日曜日。このところ、暖かくていい天気が続いている。

先週から、卒業式の練習もはじまっていた。在校生として、卒業生にお祝いの言葉を贈って、歌を歌うのだ。

来年は卒業生として、送られる側になるんだけど、なんだか全然実感がわかなかった。

さびしい気持ちとわくわくする気持ちが混ざり合ったような、なんともいえない不思議な気持ちで、わたしは自分の部屋に戻ると、いつものリュックに本を詰めて、マンションを出発した。

途中で回り道をして、雲峰池に立ち寄ると、池をぐるりと取り囲んだ桜並木は、春を前にして芽吹く準備をはじめていた。

一年前、この池で桜を見たときには、まだ水野さんやカナちゃんとは知り合っていなかったし、安川くんとも、ほとんどしゃべったことがなかった。

そして、物心ついてからずっと会わずに過ごしてきたお父さんと、直接会って、しかも話をするなんて、想像もしていなかった。

これからも、桜の季節が来るたびに、一年前とは違う自分がいるんだろうな……そんなことを思いながら、わたしはペダルをぐっと踏みこんだ。

図書館に到着すると、わたしは掲示板の前で足を止めた。

今日の十時から談話室で開かれる〈おはなしの会〉のお知らせが貼ってある。

一冊目は『おほしさまキラキラ』。

ページをめくるたびに、四角や三角のいろんな星が、赤や緑や水色など、いろんな色で出てきて、楽しみながら色や形を覚えることのできる、人気の絵本だ。

もう一冊は『ようこそ村へようこそ』。

ようこそ村は、どんなお客さんがやってきても「ようこそ」と受け入れる、おもてなしの村。そんなようこそ村に、逃亡中の銀行強盗がやってきて……というお話で、わたしも好きな絵本だった。

先月、幼稚園で読み聞かせをする機会があったわたしは、迷った末に『またね』という絵本を選んだ。

幼稚園を卒園する男の子と女の子。

二人は「またね」といって別れるんだけど、次の日、近くの公園でばったり出会う。照れ笑いをしながら、また「またね」といって別れると、今度は小学校の入学式で再会する。

三年生のときに、女の子が転校することになって、「またね」といって別れるんだけど、今度は中学生のときに、修学旅行先でばったり出会って……。

二人は何度も出会い続けて、最後は病院のベッドで横たわるおじいさんに、おばあさんが手を握って、「またね」と告げる場面で終わる。

幼稚園の子どもたちには、ちょっと難しいかなと思ったんだけど、みんな真剣な表情で聞いて、終わったときには「また来てね」といってくれた。

またやってみたいな、と思いながら貼り紙を見ていると、

「こんにちは」

同じく掲示板をのぞきこんでいたとなりの男性から、声をかけられた。

「あ、こんにちは」

絵本探しがきっかけで知り合った、多田さんだ。

抱っこ紐をつけていない多田さんに、

「ゆうたくんは、おうちですか？」

と聞くと、

「あ、いや、今日は……」

多田さんは振り返った。

抱っこ紐をつけて、ゆうたくんを抱っこした女の人が立っている。

その人の顔を見て、わたしは思わず「あっ」と声をあげた。

女の人も目を見開いて、それからにっこり微笑んだ。

「あら、こんにちは」

「え？　知り合い？」

多田さんが不思議そうに、わたしと女の人の顔に視線を往復させる。

「ほら、初詣のときに……」

多田さんにそう説明しているのは、お正月に神社の境内で本を拾った、あの女の人だった。

そういえば、もうすぐ仕事に復帰するといっていた。

（あのときの赤ちゃんは、ゆうたくんだったんだ……）

赤ちゃんはみんな同じ顔に見えるので、全然気が付かなかった。

「ご夫婦だったんですね」

わたしの言葉に、二人は顔を見合わせて、同時にうなずいた。

ちょっとびっくりしたけど、いわれてみれば、なんとなく納得の組み合わせだ。

おはなしの会に向かうという三人と別れて、カウンターで返却手続きをすませたわたしは、たくさんの本を抱えた島津さんとばったり会った。読み聞かせの会で『もぐらのハリー』を読んでいたおばあさんだ。

「すごい量ですね」

わたしが目を丸くすると、

「いまのうちに、読んでしまおうと思ってね」

島津さんはちょっとさびしそうな顔でいった。

「実は、月末に引っ越すことになったのよ」

「え……」

とつぜんのことに、言葉を失うわたしに、島津さんは「いっしょに暮らしてる息子の転勤が、急に決まってね……」と続けた。

引っ越し先は駅もスーパーも近くて、生活するのに不便はないんだけど、図書館がちょっと遠いのだそうだ。

「ここなら、お散歩のついでに来られたのにねえ……」

島津さんはそういって、ほおに手を当てた。

お別れはさびしいけど、おうちの事情なら仕方がない。

「でも……それじゃあ、もう島津さんの読み聞かせは聞けないんですか？」

わたしの言葉に、島津さんはちょっとびっくりしたように目を丸くしたけど、すぐにその目を細めて、

「そうね。落ち着いたら、新しい町でもやってみようかしら。しおりちゃんも、いつか聞きにきてくれる？」

といってくれた。

図書館は出会いと別れの場所だな、と思いながら、わたしは島津さんと連絡先を交換した。

島津さんと別れて、児童書のコーナーに足を向けると、安川くんが机に本を積み上げて、難しい顔で腕を組んでいた。

「なにしてるの？」

わたしが声をかけると、

「ああ、茅野か」

安川くんは顔をあげて、肩をすくめた。

「読みたい本がこれだけあるんだけど、春休みまでに全部読み終わるかな、と思って……」

その言葉に、わたしはドキッとした。

「安川くん、もしかして引っ越すの？」

「え？　いや、違うよ」

安川くんはびっくりした顔で、首を横に振った。

「春休みに入ったら、塾の講習で、あんまり読む時間がないからさ……」

「なーんだ」

安川くんまで遠くへいってしまうのかと思ったわたしが、ホッとして胸をなでおろしていると、

「それより、あれ書けたか？」

安川くんがとつぜん聞いてきた。

「あれって？」

「ほら、『将来の夢』」

「ああ……まだ書けてない」

わたしはため息をついて首を振った。

「なにになりたいのか、思いつかなくて……」

「あれ？　茅野は司書じゃないのか？」

首をかしげる安川くんに、わたしは反対に聞き返した。

「安川くんは？」

「おれは、やっぱり船乗りにしようかなと思って……」

「船乗り？」

「世界中を仕事で回れるって、かっこよくないか？」

安川くんはそういって、目をキラキラと輝かせた。

どうやら、船長さんの影響をもろに受けているようだ。

この町に滞在を続けている船長さんは、二日に一回は図書館に顔を出して、安川くんや矢嶋くんに海の魅力を語っていた。

もっとも、船長さんの話は「島だと思って上陸したら、巨大な亀の甲羅（こうら）だった」とか「いかだで漂流している人を助けたら、幽閉から逃げ出したある国の王子で、王座をとりもどすのに協力したら、名誉国民の称号をもらった」とか、どうして信じてしまうんだろう、という話が多いんだけど、船長さんの話し方がうまいのか、直接聞いていると、本当にあったことのように思えてくるらしい。

「それって、おうちの人には話したの？」

わたしが聞くと、安川くんはちょっと眉を寄せた。

「母さんにいったんだけど……」

「反対されたでしょ？」

わたしの言葉に、意外にも安川くんは「賛成してくれた」と答えた。

「ただ、外国にいくなら英語ができないとだめだし、地理や海の生物についての知識も必要だから、もっと勉強がんばりなさいって……」

肩を落とす安川くんの姿に、わたしは思わず吹き出しそうになった。

どうやら、お母さんの方が一枚上手だったみたいだ。

本の山を前にして悩んでいる安川くんをその場に残して、わたしは児童書の棚を見て回った。

YAの棚で見つけた『泳げないのに異世界に転生したら海賊の親分になってしまいました』という、タイトルがあらすじみたいな本をパラパラとめくっているうちに、わたしは昔読んだことのある話が無性に読みたくなった。

海を見たことのない少年が、友だちからもらった貝殻のにおいに魅せられて、自転車で海を目指す物語で、現実とも幻想ともつかないような、不思議な話だった。

うろ覚えのタイトルから検索してみると、書いているのは教科書にものっているような有名な作家さんで、その作品は全集に収録されていることが分かった。

雲峰市立図書館の一階は、貸出カウンターをはさんで手前が一般書、奥に児童書が並んでいるんだけど、ロビーを抜けてまっすぐ進んだところに、全集の棚が並んだ一角がある。

壁と階段にはさまれた袋小路のような場所で、窓もないし、古い本が多いせいか、インクと埃のにおいが強いんだけど、わたしはそれがけっこう好きだった。

作家さんの名前を口の中で繰り返しながら、わたしがそのエリアに足を踏み入れると、袋小路の突き当たりに中学生くらいの女の子が立っていた。

細身のジーンズにグレーのトレーナーを着て、長い髪をひとつにまとめている。

女の子は、わたしと目が合うと、さっと棚の間に姿を消した。

全集の本棚は、側面が壁に接しているので、反対側に抜けることはできない。

姿を消す直前の、訴えかけるような視線が気になって、速足で近づいたわたしは、棚の間をのぞきこんでハッと息を呑んだ。

さっきの女の子が、本棚の前でぶ厚い本を片手で広げ、もう片方の手にカッターナイフを構えて立っていたのだ。

よく見ると、その足元には本のページの切れ端が、何枚も落ちている。

女の子は顔をあげて、こちらをキッとにらむと、本に当てたカッターの刃を一気に引いた。

細長い三角に切り取られたページの切れ端が、ひらひらと舞い落ちる。

「ちょっと！　なにしてるのよ！」

頭にカッと血がのぼったわたしは、相手が刃物を持っていることも忘れて、詰め寄ろうとした。

「こないで」

女の子が低い声でいって、カッターをこちらに向ける。

わたしはビクッとして足を止めた。

刃物を前にして、頭にのぼった血がスッとさがる。

わたしがよろけるようにして、一歩後ずさると、

「どうした、茅野？」

安川くんがこちらにやってくるのが見えた。

次の瞬間、女の子は手にしていた本を元の棚に押し込むと、落ちたページをわしづかみにして拾い上げながら、わたしに肩からぶつかってきた。

「きゃっ！」

突き飛ばされたわたしは、しりもちをついて悲鳴をあげた。

女の子がそのままの勢いで、図書館から飛び出していく。

わたしはすぐに立ち上がると、女の子の後を追いかけた。

図書館の建物を出たところで、女の子が交差点を渡っていくのが見える。

あきらめて図書館に戻ると、全集の棚の前で、安川くんと美弥子さんが立っていた。

二人とも、床の上に残されたページの切れ端を見て、困惑した表情を浮かべている。

「いったい、なにがあったの？」

美弥子さんに聞かれて、わたしは二人に、自分が目撃したことを簡単に説明した。

話を聞き終わると、美弥子さんが眉を寄せて、

「本を傷つけられて怒るのは分かるけど、危ないから、そういうときは追いかけたりしないでね」

といった。

さっき、カッターナイフを向けられたときの恐怖がよみがえって、いまごろになって足が震えてくる。

安川くんが切られたページを拾いながら、

「これはひどいな……」

とつぶやいた。女の子は逃げるときに落ちていたページを拾っていったけど、それでも二、三枚が床に残っていた。

どれも、根元からではなく、ページの途中から斜めにばっさりと切られている。

それを見て、わたしはあらためて悲しくなった。

わたしにとって、本はただの紙の束ではない。いろんなことを教えてくれて、いろんな人と出会う機会をくれる、言葉の詰まった大切な宝箱なのだ。

それを切り刻まれることは、自分の体を傷つけられるように痛くて辛かった。

「これって、なんの本だろう……」

安川くんが切れ端に書かれた文章を読みながら、本棚を見上げた。

「そうね……」

美弥子さんも別の一枚を手にして、首をかしげている。

わたしは安川くんの手元をのぞきこんだ。紙は少し黄ばんでいて、活字もなんとなく古いように見える。

たぶん、棚に並んでいる全集のどれかだと思うんだけど、女の子が逃げる直前に本を戻していったので、どの本から切り取られたのか、すぐには分からない。

わたしは本棚の前に立って、女の子の動作を自分で再現してみた。

さっきの子は、わたしよりも少し背が高くて、自分の頭の高さぐらいのところに本を押し込んでいたから……。

わたしは本棚を、ほんの少し見上げた。児童文学を中心に、昭和のはじめごろに活躍していた作家さんたちの全集が並んでいる。

目についた一冊を抜き出して、パラパラとめくってみたけど、どこにも切り取られたページはない。

わたしはそのあとも同じように、何冊か手にとって中を調べてみたけど、やっぱり切られたあとは見当たらなかった。

「とりあえず、これをみんなに見せて、どの本か分かる人がいないか、聞いてみるわね」

美弥子さんは、安川くんから受け取ったページの切れ端を手にして、カウンターの方へと向かった。

残されたわたしと安川くんが、なんとなく顔を見合わせていると、

「あの……」

中学生くらいの二人組の女の子が、こちらの様子をうかがうようにしながら声をかけてきた。

「なにかあったの？」

髪の長い方の子に聞かれて、

「あ、えっと……」

わたしが言葉を濁していると、

「いま、女の人が本のページみたいなのを持っていったけど、本が破られちゃったとか？」

ショートカットの子が、さらに聞いてきた。

「破られたんじゃなくて、切られたみたいなんです」

その勢いにおされて、安川くんが答えると、

「えー、そうなの？　ひどーい」

女の子たちはおおげさに悲鳴をあげながら立ち去っていった。

なんだったんだろう、と思っていると、入れかわるようにして戻ってきた美弥子さんが、

「とりあえず、天野さんにあずけてきたから、よかったらお昼ご飯にしない？」

といってくれたので、用事があるという安川くんと別れて、わたしは美弥子さんと二人でらんぷ亭に向かった。

ちょうどお昼時ということもあって、店内はお客さんでいっぱいだ。

ひとつだけ空いていた窓際のテーブル席に向かい合って、わたしはカレーパスタランチを、美弥子さんは和風パスタランチ（今日は青じそと梅としらすのパスタだ）を注文する。

「ああいうことって、よくあるの？」

注文を聞いたマスターがカウンターの中に戻ると、わたしはさっそく聞いた。

美弥子さんはちょっと考えてから、首を横に振った。

「雑誌にのったアイドルの写真とか、週刊誌のクロスワードパズルを切り取られることはあったけど、さっきみたいな、なにが目的か分からないような切り取りは、聞いたことがないわね」

考えてみれば、当たり前だ。ここは図書館なのだから、読みたければ借りればいいし、手元に置いておきたかったらコピーをすればいい。

そもそも、どんな理由があるにせよ、本を切るなんて、わたしには想像もつかなかった。

あの本棚に目をつけたのも、全集に興味があるとかではなく、ただ人目につかない場所を選んだだけなのだろう。

許せない——わたしがじっと眼の前のグラスを見つめていると、

「もし、さっきの女の子を見かけても、ひとりであとを追ったり、声をかけたりはしないでね」

美弥子さんがわたしの心を読んだようにいった。

「はい」

わたしは首をすくめて、素直にうなずくと、

「そういえば、美弥子さんはどうして司書さんになろうと思ったの？」

と聞いた。

「急にどうしたの？」

美弥子さんが目を丸くする。

わたしは学校の宿題で『将来の夢』を書かないといけないことを話した。

「話したこと、なかったかしら」

ほおに手を当てて、小首をかしげる美弥子さんに、わたしは「うん」とうなずいた。

美弥子さんが司書でいることは、あまりにも自然だったので、いままであらためて聞いたことがなかったのだ。

「そうね……昔から、漠然とした憧れはあったけど、司書になることをはっきりと決めたのは、あの授業がきっかけだったんじゃないかな……」

美弥子さんが昔を懐かしむような目をしたとき、

「お待たせしました」

マスターが料理を運んできたので、美弥子さんはパスタをくるくるとフォークに巻き付けながら話しはじめた。

美弥子さんが大学一年生のときのこと。夏休み前に、司書を目指す人のための集中講義があった。

その講義の一番はじめの授業で、先生は学生たちに、図書館の貸出風景のビデオを見せた。

お客さんが貸出カウンターに本を持ってきて、本を受け取った司書さんが、手際よく貸出の手続きをする。

ときにはお客さんからの質問に答えながら、てきぱきと仕事をこなす司書さんの様子を映したビデオが終わると、先生は学生たちに質問した。

「さて、いまどんな人がどんな本を借りていきましたか？」

その問いかけに、教室はざわついた。

みんな、司書の動きばかり見ていて、お客さんにはほとんど注意を向けていなかったのだ。

それを見て、先生は、

「図書館は、人が利用する場所です。あなたたちが向き合わなければいけないのは、本ではなく人なのです」

といった。そして、こう続けたのだ。

「本が好きでも、人に興味がない人は、図書館司書には向いていません」

司書にとって、図書館は本を楽しむための場所ではない。

あなたがたが本好きかどうかは問いません。それよりも、本が好きな人のための場所を守る決意はありますか――。

「それを聞いて、本気で司書を目指そうと思ったの」

図書館に来る人を守る――それが司書の仕事だと思ったのだと美弥子さんはいった。

ちなみに、そのときの先生が秋間さんだったらしい。

「もちろん、本は好きだし、それはいまでも変わらないけど、それよりも、図書館は人が集まる場所なんだな、ってあらためて思ったの」

「でも、はじめの授業で『向いてません』って、けっこう厳しいよね」

カレーソースの下から出てきたパスタをくるくると巻きながら、わたしがいうと、

「それが、あとで秋間さんに聞いたらね――」

――あのときは、極端な言い方をして、びびらせてやったんだよ。司書なんてのは、狭き門だからな。あきらめるなら、早い方がいいんだ――。

そういって、笑っていたのだそうだ。

たしかに司書は狭き門で、資格をとってもなかなか就職先がないし、あっても非常勤がほとんどだ。

「まあ、『将来の夢』なんだから、そこまで考えなくてもいいと思うけど」

美弥子さんがそういって笑ったとき、カランカランと入り口のベルが鳴って、船長さんが入ってきた。ジーンズに革ジャンを着て、帽子はかぶっていない。

船長さんはわたしたちの姿を見つけると、「おう」と手をあげて、カウンターの一番奥の席に座った。ちょうど、わたしたちのテーブルのすぐそばだ。

船長さんは、わたしたちの手元をチラッと見て、美弥子さんと同じ和風パスタランチを注文すると、ニヤリと笑っていった。

「もうすぐ和食も食いおさめだからな」

「いっちゃうんですか?」

わたしが聞くと、船長さんはまるで乾杯するみたいに、水の入ったグラスを顔の高さにかかげた。

「世話になったな」

そして、声のトーンを少し落として続けた。

「そういえば、さっき図書館が騒がしかったが、なにかあったのか?」

普段着なので気づかなかったけど、一般書のコーナーにいたらしい。

わたしは切り裂き事件について、簡単に説明した。

「そいつはひどいな」

話を聞き終えた船長さんが、険しい表情でそういったとき、マスターが船長さんの前にパスタランチを置いた。

フォークに手を伸ばす船長さんに、わたしは、

「船長さんは、船乗り以外になりたかった職業ってあるんですか？」

と聞いてみた。

「ないな。生まれたときから、おれは船乗りになると分かっていた」

船長さんは一瞬の迷いもなく即答した。

「どうした？　なにか悩んでいるのか？」

「悩んでるわけじゃないんですけど……」

わたしが宿題のことを話すと、

「だったら、簡単な話だ」

船長さんは笑っていった。

「わたしは迷ってます、と書けばいい。迷うことは、ダメなことでも恥ずかしいことでもない。選択肢を持つ者だけができる、尊いことだからな」

船長さんらしい言葉だな、と思いながら、わたしはうなずいた。

「本が見つからないんだよ」

天野さんはそういって、顔をしかめた。

切り裂き事件から、数日が経った平日の放課後。

図書館に本を返しにきたついでに、ちょうどカウンターのそばにいた天野さんに、切り裂き事件があれからどうなったのか聞いてみると、そんな答えが返ってきたのだ。

結局、あの切れ端からは、なんの本か分からなかったので、いま美弥子さんが切れ端のコピーを持って、秋間さんに聞きにいっているらしい。

「わたしも、もう一回思い出してみます」

現場を目撃しているのは、わたしだけなのだ。

わたしが全集コーナーに足を踏み入れると、腕を組んで本棚を見上げている男の人がいた。

お父さんだ。

お父さんは、わたしに気が付くと、腕を解いて表情をやわらげた。

「やあ。切り裂き事件があったそうだね」

「どうして知ってるの？」

わたしがおどろいて聞くと、

「船長に聞いたんだ」

お父さんはそういって、少し真剣な顔になった。

「しおりが現場を目撃したんだって？」

わたしはうなずいて、そのときの状況を詳しく説明した。

お父さんは、去年、ロビーに飾られていたクリスマスツリーから一瞬で雪が消えた謎を、見事に解き明かしてくれたことがある。

だから、今回も切り裂き事件の謎を解いてくれるかもしれない。

「これって、やっぱり図書館への嫌がらせなのかな」

わたしは話し終えると、期待をこめて、お父さんの顔を見上げた。

「そうかもしれない」

お父さんは本棚の背表紙に視線を走らせながら、たしかめるようにいった。

「だけど、そうじゃないかもしれない。もし嫌がらせが目的なら、切り取ったページは放り出して逃げればいいし、わざわざ本を棚に戻す必要もないからね」

たしかに、わたしが見たとき、女の子の足元には七、八枚の切れ端が散らばっていたのに、最終的に残っていたのは二枚だけだった。

つまり、彼女はほとんど回収して逃げたことになる。

「すごく重大な事件の証拠が、本のページに残ってたんじゃない？」

わたしは思いついたことを口にしてみた。

「証拠って？」

「えーっと……たとえば、犯人の指紋とか、血の跡とか……」

わたしの推理を聞いて、お父さんは苦笑した。

「もし、そんなに重大な証拠が残ってるなら、本ごと持ち出して処分するんじゃないかな」

　推理をあっさりと否定されて肩を落とすわたしに、

「それよりも、気になることがあるんだ」

　お父さんは声のトーンを落としていった。

「ページを切っている現場を見られて、本を棚に戻したのは、どの本から切り取ったのか分からないようにするため――ここまではいいかな？」

　わたしがうなずくのを確かめてから、お父さんは続けた。

「だけど、しおりの話を聞いていると、その女の子は見られていることに気づきながら、あえて見せつけるように本のページを切っているような気もするんだ」

　お父さんの言葉を聞いて、わたしはあのときの光景をもう一度頭に思い浮かべた。

　女の子が、わたしの存在に気づいていたことは間違いない。

　そして、わざとわたしに見られるように、目の前で本を切り裂いた――たしかに、いわれてみればそんな風にも思える。

「でも、それって……」

　どういう意味なんだろう、とわたしがつぶやきかけたとき、

「現場検証ですか？」

　美弥子さんがひょっこりと顔を出した。

「まあね」

義理の姪でもある美弥子さんに、お父さんは肩をすくめて聞き返した。

「被害にあった本がなんだったのか、まだ分からないのかい？」

「それが、実は分かったんですけど……」

美弥子さんはなぜか困惑した表情で話し出した。

切れ端のコピーを見た秋間さんは、すぐに奥の書庫から一冊の本を持ってきた。

それは大正時代に活躍したある作家さんの全集で、その中の一ページが、美弥子さんが持っていったコピーの内容と完全に一致したのだけれど――。

「その本は、うちの蔵書にはなかったのよ」

「え？」

わたしは美弥子さんの言葉が一瞬理解できなくて、何度も瞬きをしてから聞き返した。

「どういうこと？」

「つまり、その人の全集は出てるんだけど、この図書館には所蔵されていないの」

図書館の本じゃなかった？

だけど、女の子は切った後の本を、間違いなくこの本棚に戻していた。仮に外から本を持ち込んだのだとしたら、美弥子さんたちがすぐに気づくはずだ。

わたしが混乱していると、

「そういえば、図書館をよく利用してくれる中学生の女の子から、ちょっと気になる話を聞いたんですけど……」

美弥子さんはわたしとお父さんを交互に見ながらいった。

「切り裂き事件のことが、学校で噂になっているらしいんです」

その女の子たちは、雲峰中学校の二年生なんだけど、自分たちの同級生の女子が図書館の本をカッターで切ったって本当ですか？　と美弥子さんに聞いてきたらしい。

「どうして……」

わたしはつぶやいた。

事件があったのは事実だし、あの女の子はたしかに中学生くらいだったけど、そのことを知っているのは、あのとき現場にいたわたしと安川くんをのぞけば、図書館の人と、船長さん、そして船長さんから聞いたお父さんぐらいしかいないはずだ。

本人がいいふらすはずもないし、どうして噂になるんだろう、と思っていると、

「近くでだれかが目撃してたんじゃないか？」

お父さんがいった。

「あ、そういえば……」

わたしは思い出した。

女の子が走り去った直後、やはり中学生くらいの女の子二人組が、声をかけてきたのだ。

わたしがその話をすると、お父さんはしばらく考え込むような顔をしていたけど、やがて、

「このエリアって、あんまり人がこないよね」

とうとつに、そんなことを口にした。

「全集のコーナーは、利用者が少ないですね」

美弥子さんが答える。

たしかに全集のコーナーは、図書館の中でも一番利用者が少ないと思う。全集を読む人自体があまりいないし、本を探しにきた人も、一冊が大きくて重いので、本を見つけるとすぐに、椅子のある場所に移動してしまうのだ。

「仮にその二人と逃げていった子が同級生だったとして、人の少ないエリアに、同じタイミングで同級生が偶然居合わせるというのは、なんだか出来過ぎている気がするな」

お父さんは、慎重に言葉を選びながら話した。

そして、わたしの顔を見ていった。

「その二人は、逃げていった女の子の顔は、見てるのかな?」

わたしはちょっと考えてから首を振った。

ほとんど同じタイミングとはいえ、同時ではないし、第一、わたしたちから話を聞いたときに、逃げていった子を知っているとは一言もいってなかった。

それなのに、学校で犯人の噂を広めているとしたら……。

なんだろう。なにかがチグハグで気持ちが悪い。

顔をあげると、お父さんと美弥子さんが浮かない表情で目を合わせていた。

二人とも、なにかに気づいているみたいだ。

「もしかして、本の謎が分かったの？」

わたしが二人に問いかけると、

「ああ、それはもう解けてるんだ」

お父さんはあっさりと答えた。

「それよりも問題なのは、どうしてそんなことをしなければならなかったのか、ということなんだよ」

お父さんはそういうと、無言で眉根をキュッと寄せている美弥子さんに、

「あとはぼくにまかせてくれないか？」

優しい、だけどきっぱりとした口調でいって、わたしの方に向き直った。

「手伝って欲しいことがあるんだ」


次の日の放課後。

わたしは授業が終わると、雲峰中学校へと向かった。

お父さんと合流して、校門が見通せる場所に張り込む。

空はうすぼんやりとした雲におおわれて、少し湿気を含んだ風が、肌をなでていった。

一度見ただけの女の子を、しかも服装が違っているのに見つけられるかどうか不安だったけど、実際にあらわれると、自分でも意外なほどすんなりと見分けられた。

「あ、あの子」

図書館でわたしにカッターナイフを向けた女の子が、茶色のカバンを手に、ひとりポツンと校門から出てきたので、わたしは指さした。

「間違いないね？」

確認するお父さんに、はっきりとうなずく。

わたしたちは女の子についていくと、角を二つほど曲がって人気がなくなったところで、追い抜いて正面に回り込んだ。

「あの……」

わたしが声をかけようとすると、わたしの顔を見て思い出したのか、女の子――名札には〈鈴木〉と書いてあった――は、目を大きく見開いた。

そして、くるりと背中を向けると、逃げ出そうとして、すぐに足を止めた。

赤いジャケットに白のブラウス、黒いレザーのスカートをはいた女の人が、腰に手を当てて道の真ん中に立ちはだかっていたのだ。

その迫力に、鈴木さんが体をこわばらせていると、

「そんなに怖がらなくても大丈夫よ」

女の人――溝口さんは、優しく声をかけた。

「話を聞かせて欲しいだけなの。あなた、もしかして誰かにおどされてるんじゃない？」

その言葉に、まるで憑き物が落ちたように、鈴木さんの肩からフッと力が抜けて、

「……はい」

吐息のような声が、その口からもれた。

「あの……」

わたしはふたたび鈴木さんの前に回り込むと、顔をのぞきこむようにしていった。

「よかったら、ロールケーキ食べにいきませんか？」

「え？」

きょとんとした顔の鈴木さんに、わたしはにっこりと笑いかけた。


わたしたちは駅裏にある、おいしいと評判のロールケーキの店に向かった。

矢鳴くんが偶然見つけた地図にのっていた、知る人ぞ知る隠れ家的なお店だ。

うまい具合に奥のテーブル席が空いていたので、わたしとお父さんがとなり合わせに座って、わたしの向かいに鈴木さんが、お父さんの向かいに溝口さんが座る。

中学生の女の子から詳しい話を聞くにあたって、わたしとお父さん——つまり、目撃者と大人の男性だけだと相手を怖がらせるので、美弥子さん以外に誰か来てくれそうな女の人を知らないかとお父さんに聞かれたとき、すぐに頭に浮かんだのが溝口さんだった。美弥子さんは図書館員なので、いっしょにいくと女の子にプレッシャーを与えてしまうと考えたらしい。

そこで、溝口さんに事情を話すと、二つ返事で来てくれたのだった。

注文を聞いて、お店の人が戻っていくと、

「ごめんなさい」

鈴木さんがわたしに深々と頭を下げた。

「え？」

わたしが面食らっていると、

「怖かったでしょ？　カッターナイフ……」

そういいながら顔をあげる。

眉のくっきりとした、意志の強そうな目に涙が浮かぶのを見て、わたしは笑顔で首を振った。

「大丈夫です。たしかに怖かったけど……傷つけるつもりはなかったんですよね？」

「もちろん」

鈴木さんは強くうなずいた。

そこでわたしたちは、あらためて自己紹介を交わした。

鈴木さんは、わたしたちの顔を見回すと、

「どこまでご存じなんですか？」

と聞いた。

お父さんはテーブルの上で手を組んで、鈴木さんの目を見ると、

「きみは図書館の本を切ったわけじゃない。切ったように見せかけただけ――だよね？」

といった。

鈴木さんは一瞬かたまると、首を前に折るように、コクンとうなずいた。

お父さんがはじめに違和感をおぼえたのは、鈴木さんが、明らかにわたしが近づくのを待ってから本を切っていたことだった。

目的が本を切ることではなく、切るところを誰かに見せることなら、本当は切ってないんじゃないか――お父さんは、そう考えたのだ。

決め手になったのは、図書館にその本がないという美弥子さんの報告だった。

カッターナイフは、遠目には刃が出ているかどうか分かりにくい。

それなら、どこかで切り取ったページを持ち込んで、その場で切ったように見せかけるのも可能じゃないか――。

そう考えていくと、同級生らしき女の子が、あんな人気のないエリアに居合わせたことも、学校で噂が広まっていることも、すべてに意図的なものが感じられる。

そこからお父さんは、「女の子は誰かに強いられて、本を切るふりをしたのではないか」という推理を導き出したのだ。

お父さんが自分の推理を話す間、鈴木さんはひざの上で握りしめた拳に視線を落としながら、黙って聞いていた。

そして、お父さんが話し終えると、小さなため息をひとつついて、

「その通りです」

とうなずくと、静かな口調で話し出した。

鈴木さんは現在雲峰中学校の二年生で、近くのマンションに両親と弟と住んでいる。

そんな彼女が、同じクラスの斎藤さんたちのグループに目をつけられたのは、夏休みが明けて二学期になってからのことだった。

鈴木さんのクラスでは、一学期からひとりのおとなしい女子がいじめのターゲットになっていて、鈴木さんもはじめは見て見ぬふりをしていたんだけど、我慢できなくなって強い口調で注意をしたことで、そこからターゲットが鈴木さんにうつったのだ。

はじめのうちは、筆箱やノートを隠されたり、教科書に落書きをされたり、廊下ですれ違うときにわざとぶつかってきたりといった、いざとなったら言い訳のきくような嫌がらせを仕掛けてきたんだけど、鈴木さんが反応しないのが面白くなかったのか、だんだんエスカレートしてきたグループは、ある日、ついに鈴木さんに万引きするよう迫ってきた。

「ひどい……！」

絶句するわたしに、鈴木さんは弱々しく微笑んだ。

「たぶん、わたしがあんまり泣いたり怖がったりしなかったから、弱みをにぎっておどそうと思ったんでしょうね」

「断ったんですか？」

「断りたかったんだけど……」

鈴木さんは辛そうに眉根を寄せると、暗い顔でため息をついた。

「もしかして、暴力？」

溝口さんは、まるで自分が殴られたような顔で聞いた。

「それはないです」

鈴木さんは首を振った。

「そんなことをして、親や学校に訴えられたら、自分たちの立場がまずくなることを分かってますから。彼女たちが使ったのは、もっと卑怯な手でした」

そこで言葉をとぎらせた鈴木さんは、しばらくの沈黙のあと、ぽつりといった。

「来年、弟が中学に入学するんです」

わたしは、ハッと胸を突かれたような気持ちになった。

「それって……」

溝口さんが顔を歪める。

お父さんも、いままで見たことのないような険しい顔をしていた。

鈴木さんは自嘲するような笑みを浮かべて続けた。

「もちろん、直接おどされたわけじゃありません。『来年、弟が入学するよね』――そういわれただけです。でも、それだけで十分でした。ああいう人たちは、上下のつながりもあります。一年後、わたしが卒業した後のことを考えると……」

誰にも相談できませんでした、と鈴木さんは小さな声で付け加えた。

それでも、やっぱり万引きをしたくなかった鈴木さんは、一計を案じた。グループの女子たちは、罪をかぶるのが嫌なので、店に入らず外から鈴木さんを見張っている。

そこで鈴木さんは、品物を二つレジに持っていって、レシートを別にして会計をしてもらうと、片方のレシートだけを見せて、カモフラージュに一つは買ってきたけど、もう一つは万引きしてきたといったのだ。

しかし、その手口を怪しんだグループは、次の指令を出してきた。

「図書館の本を破ってこいっていわれたんです」

鈴木さんが本好きなのを知っての嫌がらせだった。

「でも、借りた本を破ったりしたら、すぐにばれちゃうじゃないですか。だいたい、そんなことやりたくなかったし……」

そこで、また知恵を絞って考えたのが、別の本を切り取って図書館の本に見せかける方法だった。

鈴木さんはまず、マンションの資源ごみ置き場に捨ててあった古そうな本の中から、カッターで何ページか切り取って、図書館に持っていった。

そして、彼女たちが見ている前で、いかにも図書館の本から切り取ったように見せようとしたとき——。

「ちょうど、しおりさんが近づいてくるのが見えたんです」

鈴木さんは申し訳なさそうな顔でわたしを見た。

「あの子たちよりも、第三者に目撃させた方が、本当っぽく見えるんじゃないかと思って……しおりさんが来るのを待って、刃を出してないカッターを本に当てて――」

カッターで切るふりをして、もともと切ってあったページを床に落とし、本を棚に戻すと、本を特定できないよう、落ちた切れ端を拾って逃げ出したのだ。

「わたしもあわてていたので、カッターを振り回したり、突き飛ばしたりしちゃって……本当にごめんなさい」

鈴木さんはふたたび頭を下げた。

「いいんです。それより、すごいですね」

わたしの言葉に、鈴木さんは顔をあげて、首をかしげた。

「だって、図書館の本を切ってこいなんていわれたら、わたしだったら大喧嘩になると思うのに、ちゃんと作戦を立てて……」

鈴木さんは悲しそうに首を振って、わたしの言葉をさえぎった。

「全然すごくないですよ。喧嘩する勇気がないだけです」

「回収した切れ端は、どうしたの？」

お父さんが口をはさんだ。

「彼女たちに渡しました。なにかあったら、それを使っておどしてくるつもりだと思います」

鈴木さんは、そこで言葉をとぎらせると、耐え切れなくなったように声を震わせた。

「実は明日も、万引きしろって呼び出されていて……」

テーブルの上に、重い沈黙が落ちる。

わたしはすごく悲しくなった。

どうしてそんな風に、人を傷つけることができるんだろう。

傷ついてる姿を見て、楽しむことができるんだろう。

世の中にはもっと楽しいことがあるはずなのに。

わたしが泣き出しそうな気持ちをがまんしていると、

「先生に相談したりはしてないの？」

溝口さんが顔をのぞきこむようにして問いかけた。鈴木さんはうなだれたまま、ゆるゆると首を振って、

「相談することも考えましたけど……たぶん、あの子たちは口裏を合わせてくるだろうし、ずっと先生が見ててくれるわけじゃないから……」

そういうと、体中から息を吐き出すようなため息をついた。

たしかに、いつも先生の目があるわけじゃない。

それに、弟さんの問題もあるのだ。

本の謎は解けたけど、問題はなにも解決していなかった。

「なんとかならないのかな……」

わたしはお父さんを見た。

お父さんは、しばらく腕を組んで黙っていたけど、やがて、どこか悲しそうな口調で、

「このことは、家にも学校にも話してないんだね？」

といった。そして、鈴木さんがかすかにうなずくのをたしかめると、

「覚えておいて欲しいのは、この世の中は、そんなに悪いものじゃない、ということなんだ」

そういって、鈴木さんの顔を見つめた。

「たしかに、君はいま、ひどい悪意にさらされている。だけど、それは世界全体が君に悪意を持っているわけじゃない。たまたま悪意の雲に、すっぽりとはまってしまっただけなんだ」

鈴木さんは真剣な表情で聞き入っている。

「世界はもっと広くて、いろんな人がいる。その中に、君に対して悪意を持つ人なんか、ごくごく一部で、残りの人の中には、君に好意的な人もたくさんいる。だから、困ったときには助けを求めて欲しいんだ。いってる意味は分かるね？」

「はい」

鈴木さんはきっぱりとうなずいて、それから息を吸い込むと、小さいけれどはっきりとした声でいった。

「あの……どうしたら、あの子たちから離れることができるでしょうか」

「そうだなあ……」

お父さんはまた腕を組むと、溝口さんとわたしを見た。そして、

「ちょっと考えがあるんだけど、聞いてもらえるかな？」

といった。


土曜日の午後。

わたしは駅の裏手にある、女の子に人気の雑貨屋さんにいた。

キラキラした指輪や可愛いカチューシャなんかがたくさん並んでいて、店内は小学生から高校生の女の子でいっぱいだった。

そんな中、鈴木さんは、音符の形をした金色のイヤリングを肩からかけたポシェットにスッと入れると、そのまま店を出ていった。

わたしは手にしていた指輪を戻して、鈴木さんの後を追いながら、お父さんからあずかったスマホで、ある人にメッセージを送った。

鈴木さんが、店から少し離れたところにある喫茶店と雑居ビルの間の路地に入っていくと、そこには図書館で声をかけてきたあの二人組が待っていた。

髪の長い方が斎藤さんで、ショートカットが奥村(おくむら)さんだ。

鈴木さんはポシェットからイヤリングを取り出して、二人に渡した。

「やればできるんじゃん」

斎藤さんがニヤニヤ笑いながら、鈴木さんに財布を返した。

お金を払って買うことができないよう、事前に財布を取り上げていたのだ。

「まだ時間も早いから、もう一軒ぐらいいけるんじゃない？」

奥村さんがそういったとき、

「それはいいな」

とつぜん、路地の入り口で野太い声がした。

三人が顔を向けると、顔中をひげでおおって、革ジャンを着た大きな男の人が、路地をふさぐようにして立っていた。

「なによ、あんた」

斎藤さんが不機嫌そうにたずねると、男の人はにやりと唇の端をあげていった。

「うまくやったじゃないか」

「なんのことですか？」

奥村さんが挑発的な口調でいう。

「万引きだよ。この子が実行役で、いざとなったら、全部この子に罪をかぶせる気だろ？」

二人はチラッと目を見合わせた。

男の人が敵か味方かを考えているようだ。

「まとめて警察に突き出してもいいんだが……」

男の人はそういうと、ニヤニヤ笑いながら近づいて、鈴木さんの肩をたたいた。

「なあに、分け前さえくれれば、何も心配することはねえよ。この先に、いい店があるんだ。こんなちゃちなおもちゃじゃなくて、もっと金になるぜ」

「でも、そんなもの盗んだら……」

鈴木さんが震える声で反論する。

「大丈夫。そこは監視カメラもないし、店員も少ないから、絶対にばれない。ただ、若い女性向けの店なんで、おれが入ると目立っちまうんだ。どうだ？　手に入れたブツは、おれがすぐに金に換えてやるから。儲けはおれとあんたらで四等分。悪くないだろ？」

鈴木さんは、男の人の話を黙って聞いていたけど、やがてキッと顔をあげると、唇を震わせながらいった。

「……ます」

「ん？　なにかいったか？」

男の人が顔から笑みを消して、鈴木さんに詰め寄る。

鈴木さんは大きく息を吸い込んで、同じ台詞を繰り返した。

「お断りします」

男の人がガラッと表情を変える。

「なんだと」

その凶悪な表情に、二人の女の子がおびえたように顔をひきつらせる。

「ちょっと、鈴木……」

斎藤さんが声をかけるが、鈴木さんはギュッと両手を握りしめて言い返した。

「わたし、そんなことやりたくありません」

「おい……」

男の人が低い、地を這うような声ですごんだ。

「どうせ、こいつらに万引きやらされてるんだろ？　だったら、一度も二度もいっしょじゃねえか」

男の人がさらに一歩、路地の奥に足を進めようとしたとき、

「あら、陽菜子ちゃん」

男の人の背後から、スーツ姿の女性があらわれて、鈴木さんに下の名前で呼びかけた。

「こんなところで、なにしてるの？」

「なんだ、お前は。関係ねえやつはひっこんでろ」

男の人がすごむ。しかし、女性は微塵もひるむことなく、

「関係あるわよ。大事な姪っ子なんだから」

男の言葉に反論しながら近づいた。

その手には、弁護士事務所の封筒をかかげている。

狭い路地は、ぎゅうぎゅう詰めで、女の子たちは逃げられない。

「いま、万引きがどうとかって聞こえたけど……」

男の人が口を開こうとするよりも先に、鈴木さんがいった。

「この人が、自分の知ってる店で、わたしに万引きしろっていうんです」

「おいおい、なにいってるんだ」

男の人は、女性の顔と封筒を見比べながら、あわてた様子でいった。

「あんなの、冗談に決まってるだろ」

「あら、冗談ではすまないわよ」

女性は腰に手を当てて、立ちふさがるようにしていった。

「あなたみたいな大男に、万引きしろなんて迫られたら、冗談ですむわけないでしょ。万引きを強要したなら強要罪。まだ実際にしてなくても強要未遂になるから、三年以下の懲役ね」

「別に迫ってたわけじゃ……」

男の人はどんどんトーンダウンしていく。

「もちろん、大男じゃなきゃ迫ってもいいってわけじゃないけど……」

女性はそういって、ちらりと奥の二人を見た。

「あなたたち、大丈夫?」

「あ、はい……」

奥村さんが答えようとしたとき、

「なにが大丈夫だ。もとはといえば、こいつらが……」

男の人がなにかをいいかけて、二人は真っ青になった。

「こいつらが……なに？」

女性が男の人に詰め寄る。

「違います。この人、嘘をついてるんです」

「どういうこと？　あなたたち、陽菜子ちゃんの友だちじゃないの？」

女性が斎藤さんに、ぐっと顔を突き出した。

「友だちです」

斎藤さんが声を震わせて、すがるような目で鈴木さんを見た。

すると、女性はまた男の人に向き直っていった。

「あんた、まさか友だちを人質にとって、万引きを強要してたんじゃないでしょうね。もし人質を取って、危害を加えるようなことをほのめかして万引きさせたら、強要罪じゃすまないわよ。恐喝罪で十年以下の懲役ね」

男の人は、真っ赤な顔で女性をにらみつけていたけど、やがて、チッ、と派手な舌打ちをすると、女性の横をすり抜けるようにして、路地から出ていった。

路地裏にホッとした空気が流れる。

「どうする？　警察にいく？」

女性が鈴木さんに声をかけると、鈴木さんは首を振った。

「いいえ、大丈夫です」

「強いわね」

女性は笑って、鈴木さんの肩をたたいた。

「事務所でお茶でもしよっか。よかったら、お友だちもどう？」

女性が二人組を振り返ると、斎藤さんが気まずそうに手と首を同時に振った。

「あ、いえ、わたしたちは……」

「どうして？　お友だちじゃないの？」

女性が鈴木さんにたずねると、鈴木さんは二人をじっと見て、それから微笑んで答えた。

「友だちじゃないの。いきましょ、叔母さん」


「――それで、そのまま本当に法律事務所にいって、お茶を飲んだの。姪っ子ってことにしてね」

路地裏の寸劇から一時間後。

わたしたちはらんぷ亭に集まっていた。

わたしたちというのは、主演の鈴木さんと、強面(こわもて)の男性役の船長さん、叔母さん役の溝口さん、監督・脚本のお父さん、そして見張り役のわたしだ。

今回のことは、すべてお父さんのシナリオ通りで、溝口さんが船長さんに向けた台詞は、全部あの二人組に聞かせるためのものだったのだ。

ちなみに、あの雑貨屋さんのオーナーはお父さんの知り合いで、鈴木さんが万引きした商品は、事前にお父さんが代金を支払い済みのものだった。

いじめグループに直接注意しても、鈴木さんや弟さんが後で仕返しされるだけだし、警察に相談しようにも、実際に図書館でカッターを振り回したのは鈴木さんで、彼女たちの罪を証明するのは難しい。

そこで、悪い大人を登場させて、彼女たちに間接的に釘をさすと同時に、鈴木さんに弁護士事務所に勤める知り合いがいると思わせることで、手を出しにくくさせるというのが、お父さんの作戦だったのだ。

「あの……本当にありがとうございました」

深々と頭を下げる鈴木さんに、

「いいのよ、わたしも面白かったから」

溝口さんはケラケラと笑って手を振った。

「おれも楽しかったぞ。最後に日本のいい思い出ができた」

人相をごまかすため、顔中に貼っていたひげシールをはがした船長さんも豪快に笑う。

そんな二人を見て、表情をゆるめる鈴木さんに、

「あとは君次第だからね」

お父さんが少し厳しい口調でいった。

鈴木さんがこくんとうなずく。

「ぼくたちができるのは、マイナスの状況をゼロに戻すところまで。今回のことで、あの二人はおとなしくなると思うけど、また手を出してくるかもしれないし、今度は別のターゲットを見つけるかもしれない。そうなったとき、君が黙ってられるかどうかは分からない。だけど、自分で抱え込まなくてもいい、ということは分かってくれたよね？」

鈴木さんは素直にうなずいた。

「はい」

「なにか困ったことがあったら、いつでも相談してね」

溝口さんが笑いかける。

「おれも、地球の裏側から飛んでくるぞ」

船長さんの言葉に、みんなが笑った。

らんぷ亭を出て、三人と別れると、わたしとお父さんは美弥子さんに報告するために、図書館をたずねた。

わたしたちの話を聞いて、美弥子さんはホッとした表情で、

「よかった」

と胸に手を当てた。

「それにしても、家族をたてにしておどすなんて、許せませんね」

その言葉に、お父さんは厳しい表情でうなずいた。

切り裂き事件についてては、図書館の本が傷つけられたわけじゃないので、特に問題にはしないらしい。

あとは、図書館に正当な理由なく刃物を持ち込んだことと、利用者——つまり、わたしに刃物を向けたことなんだけど……。

「これも、向けられた本人に訴えるつもりがなさそうだし……」

美弥子さんが、わたしを見たので、

「だって、刃を出してないんだから、刃物じゃないでしょ？」

わたしは笑っていった。もちろん、刃を出してないからといって、やっていいことではないけど、わたしは鈴木さんを責める気持ちにはなれなかった。

「それより、あの二人の方を訴えたいくらいなんだけど」

わたしは口をとがらせた。

今回、たしかにいじめをやめさせることはできたけど、加害者が謝ったわけでも、罰を受けたわけでもない。

なんだかもやもやするなあ、と思っていると、お父さんがその大きな手で、ポンポン、とわたしの頭をたたいた。

「人をおどして思い通りにしようなんて、いつまでも通じるわけがない。いつか、自分の力で人生に立ち向かわなければならなくなったとき、きっと途方にくれるだろう。そのときに後悔しても、もう遅いんだよ」

口調はおだやかだけど、その言葉に強い怒りが含まれているような気がして、わたしは思わずお父さんの顔を見上げた。

お父さんはなにか考え込むように、じっと一点を見つめていたけど、とつぜんわたしの方に顔を向けると、

「しおり、ちょっと歩こうか」

そういって、微笑んだ。

図書館を出ると、お父さんは少し緊張した様子で、黙々と歩き出した。

わたしも黙ってついていってたんだけど、雲峰池の手前まで来たところで、ふと思いついて聞いてみた。

「ねえ。……お父さんは、どうして作家になろうと思ったの？」

「どうしたんだ、急に」

お父さんが歩きながら振り返る。

わたしが宿題のことを話すと、お父さんはちょっと考えてから、

「昔、デビューする前に、ある作家さんの講演会にいったことがあるんだ」

そんな風に話しはじめた。

「そのとき、『ぼくも小説家を目指してるんです』っていったら、その作家さん、ぼくの

作品を読んだわけでもないのに、すぐに『やめておきなさい』っていったんだよ」

「ひどい」

わたしはびっくりして、目を丸くした。

「読んでもないのに、どうして？　ライバルが増えるから？」

だけど、お父さんは笑いながら続けた。

「ぼくが言葉を失っていると、その作家さんは、すぐにこういったんだ。『作家を目指している人には、とりあえずこういうようにしてるんです』って」

その作家さんいわく、小説家というのは二十四時間三百六十五日、仕事をしているようなもので、その割に生活も安定しないし、楽な仕事ではないので、ならずにすむならならない方がいいらしい。

「だけど、世の中にはどうしても、小説を書かずにはいられない人がいる。そういう人間は、どうせ止めても絶対に書き続けるんだから、とりあえずやめておけっていうことにしてるんだ——そういわれたんだ」

「つまり、お父さんは書かずにいられなかったから、小説家になったんだね」

なんとなく納得したわたしがうなずいていると、

「しおりは、十年前のことについて、お母さんからなにか聞いてるか？」

池の前で立ち止まると、お父さんはなにげない口調でそんな台詞を口にした。

わたしは無言で首を振った。

いまからはじまる話への期待と不安に、心臓が激しく波打っている。

「ぼくがデビューしたのは、いまから十年くらい前のことなんだけど……」

お父さんは、風にさざ波を立てる池の水面を眺めながら話し出した。

「デビュー直後、ぼくが小説を連載していた雑誌に、ある団体から抗議文が届いたんだ」

それは、連載していた作品に出てくる、ある架空の団体についてのもので、内容は抗議というより、連載を中止しろという一方的な命令だった。

「もちろん、その抗議文を送ってきた団体をモデルにしたわけでもなければ、特定の団体をモデルにした覚えもなかったから、連載は続けたんだけどね……」

連載終了後、単行本になるという広告が雑誌にのると、今度は脅迫状が届いた。

「単行本にするのをやめろ。さもないと怪我をするぞ、という内容が書かれていたんだけど、その手紙に……」

お父さんは少し口ごもってから、わずかに震える声でいった。

「写真がそえられていたんだ」

「写真？」

「ああ」

お父さんは悲しみと怒りの混ざったような目で、水面を見つめながらいった。

「しおりとお母さんの写真だ」

それは、まだ生まれて間もないわたしを抱っこするお母さんを隠し撮りした写真で、刃物でずたずたに切り裂かれていたらしい。

「……」

十年前のことなのに、わたしは息苦しいほどの恐怖に、血の気が引くのを感じた。

お父さんは、そんなわたしの様子をチラッと見て、

「だけど、ぼくは単行本にすることを、やめなかった」

と続けた。

お母さんは、わたしの安全を考えて、やめた方がいいと主張したらしい。

だけど、お父さんと出版社は警察に相談しながらも、単行本化の作業を進めた。

その話し合いの過程で、お父さんは怖くなったのだといった。

「怖くなった？」

わたしはお父さんを見た。

「本当に家族の安全を考えるなら、一時的にでも連載を止めたり、単行本化をやめるという選択肢も、あったかもしれない。だけど、ぼくにはできなかった。無理だったんだ」

お父さんは本当に辛そうな表情でいった。

「小説家を続ければ、また同じようなことが起こるかもしれない。ぼくは怖くなってしまったんだよ。小説家を続けながら、家族を持つことが」

強い風が、池に白い波を立てる。

「それじゃあ……」

しばらくの沈黙のあと、わたしはおそるおそる口を開いた。

「わたしやお母さんのことが嫌いだったわけじゃないんだね」

お父さんは、ほんのわずかだけ目を見開くと、大きくゆっくりと首を振った。

「そんなことはないよ。ただ……」

自分の夢も、家族も、どちらも守りたかったんだ、とお父さんはいった。

「欲張りだよな、まったく」

自嘲気味に顔をしかめるお父さんに、わたしはいった。

「夢って怖いんだね」

わたしはつぶやいた。

夢はひとつとは限らない。二つの夢を持ってしまったとき、わたしはどうしたらいいんだろうか。

そんなわたしの考えを読み取ったように、

「しおりはまだ、そんなに深刻に考えなくていいんだよ」

お父さんがわたしの頭に、大きくてあたたかい手をのせた。

「夢にはいろんな形があるんだから。宿題に出てた『将来の夢』も、しおりは将来どんな仕事に就くかばかりを考えてるみたいだけど、夢なんだから、別に職業じゃなくてもいいんじゃないか？」

「あ、そうか」

いわれてみれば、たしかにそうだ。

なんとなく、将来なりたい職業を決めないといけないような気になっていたけど、夢なんだから、たとえば「犬を飼う」でも「外国旅行にいく」でも「笑って暮らしたい」でもいいわけだ。

「だったら、わたしは……やっぱり、本に囲まれて暮らしたいな」

そういって、わたしは笑った。

どんな仕事に就いて、どこに住んで、誰と暮らしていたとしても、わたしは本に囲まれていたい。

本のある風景の中に埋もれていたいのだ。

積み上げた本の山に囲まれて本を読んでいる自分の姿を想像して、わたしがニヤニヤしていると、

「その夢は、きっと叶うよ」

お父さんは、まるで予言者のようにそういった。

エピローグ

「ねえ、おかしくない？」

玄関で、いつも以上に緊張した様子で、服装を気にしているお母さんに、

「大丈夫。おかしくないよ」

わたしは笑ってうなずいた。

「そう？」

お母さんは、ようやくホッとした表情になって、ノートパソコンの入ったカバンを肩にかけると、手を振りながらドアを開けた。

「それじゃあ、いってくるわね」

「うん。いってらっしゃい」

手を振り返して送り出すと、わたしは玄関で大きく息を吐き出した。

緊張しているのは、わたしも同じだった。

お母さんは、いまから小説家、関根要のインタビューに向かうところなのだ。

雑誌の企画で、取材の相手としてお父さんの名前があがったとき、お母さんはわたしに「どう思う？」と聞いてきた。

そのコーナーは、もともとお母さんが担当しているんだけど、会社には事情を知ってい

る人もいるので、申し出れば外してもらうことも可能だ。

だけど、わたしは「いいんじゃない」と答えた。

二人とも本にまつわる仕事をしているのだから、こういうことがあっても不思議はない。

このタイミングで、仕事の縁ができるというのも、なにかの運命かもしれなかった。

それに、お父さんの小説の一読者として、お母さんの書く記事が楽しみでもあった。

朝食の後片付けをすませると、わたしはベランダに出た。

三月が去り、四月がやってきて、ほおをなでる風も暖かい。

ここ数日、まるで年賀状みたいに、次々と近況報告が届いていた。

神沢さんは、探し人が見つかって、気持ちに区切りがついたらしい。いまは入社した会社の研修中で、伊東さんとは時折連絡をとって、おすすめの本の情報交換なんかをしているそうだ。

島津さんは、市の中央図書館は遠かったけど、近くの公民館に図書館の分館があったので、そこに足しげく通っていて、落ち着いたら自分で読み聞かせのサークルを立ち上げたいといっていた。

多田さんとは、この間、図書館で料理の本を大量に借りていくところにバッタリと会った。料理は苦手だけど、家のことをまかされたからには、そんなことはいってられないと苦笑していた。

船長さんからは、きれいな海の写真と、

「今度、日本を通るときに船の旅に招待するから、パスポートをとっておくように」という、どこまで本気か分からない手紙が届いた。宝物を見つけたお礼だそうだ。

鈴木さんは、あれ以来よく溝口さんと連絡をとっているみたいで、将来は法律を勉強していきたいと話しているらしい。

せっかくの四月だし、わたしもなにかはじめようかな——。

春の空気を胸いっぱいに吸い込むと、わたしはくるりと振り返って、部屋に戻った。

図書館に到着すると、わたしはまっすぐ児童書のコーナーへと足を向けた。

春休みのせいか、子どもの姿が多い。

二歳か三歳くらいの女の子が、本棚の間をきょろきょろしながら歩いているのとすれ違って、わたしはふと、自分が小さかったころのことを思い出した。

児童書の本棚は、壁に接しているもの以外、一般書のものよりも低くなっているけど、それでも彼女にとって、ここは図書館ではなく、まさしく本の森なのだ。

わたしも小学校の低学年くらいまでは、本の壁に囲まれているような気がしていたけど、いつのまにか身長が棚の高さを超していた。

おかげで遠くまで見通せるようになったけど、その代わり、見落としていることもたくさんあるに違いない。

春休み前に提出した作文に、わたしは「本に囲まれて暮らしたい」と書いた。

だけど、本当はそれだけじゃない。

できるなら、本と人とをつなぐことができる人になりたい。

それは図書館の司書さんかもしれないし、本屋の店員さんかもしれない。

職業ではなく、趣味で読み聞かせをしたり、定年退職してから私設の図書館を開く場合もあるだろう。

そのために、わたしはもっと本を知りたい。

そして、もっと人を知りたい。

秋間さんは、図書館は本が好きな人が集まる場所だといっていた。

だったら、わたしはこの場所で、もっといろんなことを知っていこう。

「あら、しおりちゃん」

本を抱えた美弥子さんが、わたしを見つけて、小さく手を振った。

「こんにちは。今日は、なにか探しにきたの？」

「うん」

わたしはうなずいた。

「美弥子さん、おすすめの本はない？」

「そうね……どんな本がいいかしら」

わたしは窓の外を見た。

明るい日差しが、図書館の裏庭に降り注いでいる。

わたしは美弥子さんに向き直ると、胸いっぱいに大きく息を吸い込んでからいった。

「晴れた日にぴったりの本はありませんか？」

番外編

白い本

何も注文してませんけど、といおうとして、わたしは口を閉ざした。

目の前にあらわれた、色が三層に分かれたドリンクに目をうばわれたのだ。

「試作品です。お代はけっこうですので、よろしければ感想をいただけますか？」

「いいんですか？」

わたしはあらためて背の高いグラスを見た。

一番下の淡い紫がグレープジュースで、真ん中が透明な炭酸水、そして一番上の鮮やかな黄色がパインジュースなのだと、マスターが教えてくれる。

わたしはストローをそっと差し込むと、位置を変えながら、何度か飲んでみた。

場所によって味が変わっていくのが面白い。

あっという間に半分ほど飲み干して、

「おいしいです」

わたしがようやく感想を口にしたとき、

カランカラン

音をたてて、ドアが開いた。

美弥子さんかな——反射的に顔を向けたわたしは、ギョッとしてかたまった。

お店に入ってきたのは、なんだか独特な雰囲気を身にまとった男の人だったのだ。

濃いグレーのスーツに、足首まである黒いマントのようなコートを着て、山高帽をかぶっている。

そして、その右手には大きなトランクをさげていた。茶色の革のトランクで、ずいぶん年季が入っているように見える。

男の人は、入り口近くのカウンター席に腰をおろすと、店の中を見回して、

「いい店ですね」

といった。高くも低くもない、澄んだ声だ。

「ありがとうございます」

グラスをみがきながら応えるマスターに、

「わたしはランプが好きなんですよ」

男の人は、火のついていないランプを見つめながら語り出した。

「なんていうか、こう、閉じ込められている感じがするじゃないですか。小さな世界が、ランプの中だけで完結しているというか……」

そして、ハッと気が付くと、

「失礼しました。ホットコーヒーをお願いします」

といった。

なんだか変わった人だな、と思っていると、男の人はひざの上にトランクをのせて、急にわたしに話しかけてきた。

「この中身が気にならないかい？」

「え、あ、はい、えっと……」

わたしが口ごもっていると、

「何が入ってると思う？」

男の人はそういって、わたしに考えるひまも与えず、パカッと開けた。

その中身を見て、わたしはおどろいた。

トランクの中には、ハードカバーの本がいっぱいに詰まっていたのだ。

「ぼくは、本をつくる仕事をしているんだ」

男の人はそういうと、音もなくわたしのとなりに席を移ってきて、一冊の本を差し出した。

タイトルは『図書館のあった街』。

表紙には、たくさんの人がいきかう街の向こう側に、図書館らしき建物がぼんやりと見える絵が描かれている。

タイトルも作者も知らない本だ。

「これは、いまはもうなくなってしまった、ある図書館をめぐる物語なんだけどね……」

男の人の説明を聞きながら、わたしは表紙を開いてその本を読みはじめた。

記憶を失ったひとりの若者が、ある街に過去に存在したといわれている、伝説の図書館の記録を本にするため、昔のことを知る人たちに話を聞いて回る、というストーリーで、そのテンポのいい文章に、わたしは冒頭を読んだだけで引き込まれてしまった。

「面白いです」

わたしが顔をあげてそういうと、

「知ってるかな？　本をつくるには、ちょっとしたコツがあってね……」

男の人はスッと手を伸ばして、わたしの手から本を持っていった。そして、本をトランクの中に戻すと、

「まだ完全に出来上がっていない本は、揺らしてはいけないんだ」

そういって、トランクのふたを閉めて、ガタガタと左右に激しく揺すった。

いったいなにをしているんだろう、と思っていると、男の人はトランクを振るのをやめて、中からさっきの本を取り出した。

「見てごらん」

わたしは本を開いて、目を疑った。

中身のページが、真っ白になっていたのだ。

「えっ？　ええっ？」

わたしはパラパラとすべてのページをめくったけど、なにも書かれていない。

完全な白紙だったのだ。

パニックになったわたしは、思わず本をさかさまにして振ってみた。

だけど、もちろんそんなことで、活字が落ちてくるわけがない。

なにか仕掛けが……たとえば表と裏があって、反対側から開いたら白紙になるとか、そういう仕掛けがあるのかと思ったんだけど、いくら調べてみても、立派な表紙の間に挟まれているのは、ただの白い紙だけだった。

男の人は、わたしの手から本を取り上げると、トランクにしまって、

「だから、出来立ての本はそっと扱わないといけないんだよ」

といった。

わたしが呆然としていると、男の人はコートのポケットに手を入れた。そして、スマホを取り出すと、ちょうどコーヒーを置いたマスターに、

「ちょっと失礼しますね」

と声をかけて、スマホを耳にあてながら、トランクを残したまま店を出ていった。

残されたわたしが、そのトランクをじっと見つめていると、

カランカラン

ドアのベルが鳴って、美弥子さんが入ってきた。

「お待たせ、しおりちゃん」

美弥子さんは、わたしの顔を見ると、

「どうしたの?」

首をかしげながら、男の人とは反対側の席に座った。

わたしは美弥子さんに、いま目の前で起こった出来事を説明した。

「本から文字が盗まれた？」

話を聞いて、美弥子さんは目を丸くした。

「信じられないけど……そうとしか考えられないの」

たとえば同じ本が二冊あれば、一冊をバラバラにして、白い紙を挟み込んでから元に戻すことで、真っ白な本をつくることは可能かもしれない。

だけど、わざわざそんなものをつくる意味があるのだろうか。

それとも、あの人はマジシャンで、仕掛けのある本を常に持ち歩いているとか……。

美弥子さんは、ほおに手を当てて「うーん」と考え込んでいたけど、

「もしかして……」

と口を開きかけたところに、またカランカランと音がして、男の人が店に戻ってきた。

腰をおろして、コーヒーをブラックのまま美味しそうに飲む。

「あの……」

そんな男の人に、美弥子さんが声をかけた。

男の人は、ちょっとおどろいたように目を見開いてたけど、

「文字が落ちてしまったという本を、見せていただいてもいいですか？」

という美弥子さんの台詞に、

「ええ、いいですよ」

トランクを開けると、『図書館のあった街』を笑顔で差し出した。

美弥子さんはしばらくパラパラとめくっていたけど、やがて、男の人の方を向くと、

「もしかして、これって束見本じゃないですか？」

笑いを含んだ声でそういった。

男の人は、手にしていたコーヒーカップを受け皿に戻すと、

「その通りです」

といって、目を細めた。

「束見本？」

わたしは二人の顔に視線を往復させた。

「束見本っていうのはね……」

説明してくれたのは、美弥子さんだ。

本をつくるとき、本が出来上がったときの雰囲気をたしかめるため、先に出来上がった表紙の間に、同じページ数の白い紙を挟んで見本をつくることがある。それを束見本というのだそうだ。

「ぼくは編集者でね……出来たばかりの新刊を、作者に届けるために運んできたんだけど……」

男の人はトランクを開けると、中身をこちらに向けた。

よく見ると、同じ本が何冊も入っている。

「ちょうど、前回の打ち合わせのときに持っていった束見本が入ったままになってたんで、いたずらする気になったんだ。おどろかせて、悪かったね」

男の人は、帽子をおさえながら頭を下げた。

「本当に文字がこぼれ落ちちゃったのかと思いました」

わたしは笑ってそういった。

「おわびに、一冊進呈するよ」

男の人はそういって、トランクの中から、さっきとは別の本を取り出した。

タイトルは『本のある風景』。

表紙いっぱいに描かれた大きな木の下に、男の人が立っている。

木の枝には、まるでリンゴやミカンのように本がなっていて、男の人はそのうちのひとつに手を伸ばしていた。

「いいんですか？」

わたしは本を受け取ると、ページをめくって中身が書かれていることを確認した。

その間に、男の人はコーヒーを飲み干すと、

「ごちそうさまでした」

マスターに声をかけて、お会計をすませた。そして、

「あ、そうだ」

ドアに手をかけながら、こちらを振り返った。

「その本もまだ出来立てだから、風で文字が飛ばないように気をつけてね」

「え？」

わたしが顔をあげて、男の人がドアを開けた瞬間、春の暖かい風が、ブワッと店内に吹き込んできた。

風といっしょに、桜の花びらも舞い込んでくる。

「きゃあっ！」

わたしは思わず目を閉じて顔をそむけた。

美弥子さんも、首をすくめて腕で顔をかばっている。

やがて、風がおさまって、

「あー、びっくりした」

わたしが息をついていると、

「しおりちゃん……」

美弥子さんが、わたしの手元を指さした。

「なあに？」

わたしは、もらったばかりの本に視線を向けて、目を見開いた。

表紙はそのままだったけど、中のページから、すべての活字が消えていたのだ。

わたしは立ち上がって、お店から飛び出した。

だけど、男の人の姿はどこにもなく、ただ桜の花びらだけが、目の前をひらひらと舞い降りていった。

あとがき

『晴れた日は図書館へいこう』の第三巻をお届けいたします。

このシリーズはぼくのデビュー作でもあり、一作目の親本が出版されたのは二〇〇三年のことでした。その後、二作目が出たのが二〇一〇年で、両作が文庫化されたのが二〇一三年。そこから数えても、もう七年も経っています。

決してさぼっていたわけではないのですが、単純にぼくの力不足で、この作品の世界に戻ってくるのに、ずいぶんと時間がかかってしまいました。

途中で何度も「本当に書けるのだろうか」と自問することもありましたが、それでも一作目、二作目を読んでくださった方がいらっしゃったことで、三作目を完成させることができました。

この本が世に出るまで、多くの方にお世話になりました。

遅々として進まない原稿を、粘り強く待ってくださったポプラ社の小原さん、森さん。

取材にご協力いただいた箕面（みのお）市立中央図書館のみなさま。既刊二冊に続いて、今回も素敵なイラストを描いて下さったｔｏｉ８さん。そして、この本が市場に出て読者に届くまでに関わったすべての方々へ。本当にありがとうございました。日常生活にも影響を及ぼすほどの、この大変な状況の中、作者が綴(つづ)った物語が読者に届くこと、そのこと自体が奇跡なのかもしれないと思っています。

そして、最後になりましたが、本書を手に取ってくださった読者の方々に、心からのお礼を申し上げます。

さて、ようやく六年生に進級することができたしおりちゃんですが、小学校最後の一年間を、彼女はどう過ごすのでしょうか。

気になりますよね？

できることなら、もうしばらく、しおりちゃんや美弥子(みやこ)さんたちの物語にお付き合いいただけたらと思っています。

緑川聖司

晴れた日は図書館へいこう
夢のかたち
緑川聖司

2020年12月5日初版発行

発行者……千葉 均
発行所……株式会社ポプラ社
〒102-8519 東京都千代田区麹町4-2-6
電話……03-5877-8109(営業)
03-5877-8112(編集)

フォーマットデザイン 荻窪裕司(design clopper)
組版・校閲 株式会社鷗来堂
印刷・製本 中央精版印刷株式会社

乱丁・落丁本はお取り替えいたします。
小社宛にご連絡ください。
電話番号 0120-666-553
受付時間は、月～金曜日、9時～17時です(祝日・休日は除く)。

ポプラ文庫ピュアフル

ホームページ www.poplar.co.jp

N.D.C.913/319p/15cm
ISBN978-4-591-16708-3
P8111297